大海道

塔里木河与 218 国道

天山古道

风起罗布泊

白继开◎著

中国电力出版社
CHINA ELECTRIC POWER PRESS

十年前的一天，破晓时分，我来到敦煌以西的雅丹群。朦胧中，军舰般排列着的一座座雅丹仿佛正从千年的沉睡中苏醒过来。但此刻我的眼睛却盯着晨曦中的西面。我知道，再往那个方向走几十公里就是我向往多年但始终无缘谋面的罗布泊的边缘。但对我来说，正如对绝大多数人一样，罗布泊仍然是可望而不可即：咫尺一天涯。

中国第一颗原子弹爆炸现场，彭加木失踪与余纯顺遇难的地方，所有这些都给罗布泊添加了几分神秘。但对我来说，罗布泊永远与我心目中的英雄，瑞典探险家斯文·赫定的名字连在一起。一个世纪前，赫定穿越塔克拉玛干大沙漠，九死一生后无意中在罗布泊湖畔发现了楼兰古国遗址。后来他又多次返回那里，并写下了《游移的湖》这部科考名著。赫定是真的热爱这片土地和那里的人们。他不但把罗布人的日常生活用精美的素描表现出来，甚至把罗布人的民歌都记录下来并翻译成西方语言。

我相信一定会有人说，罗布泊这种"鸟儿都不拉屎"的地方无甚可看，不值得一次又一次地去吃那些苦，冒那些险。我倒宁愿相信，罗布泊这种地方虽然不是桃源，却的确属于"世外"。它是上天为热爱这片热土的人特意保留下来的。

《风起罗布泊》记述的不限于作者的数次罗布泊之旅，而是包括了他历年穿越塔克拉玛干沙漠与塔里木河流域的种种见闻与经历。但从这本书的内容上来看，罗布泊是一个很恰当的象征，它完全可以代表这片广袤无际、亘古不变、多旱少雨的"不毛之地"（当然所谓"不毛"只是就地面上的植被而言，不包括地下的宝藏）。

在看似没有生命的荒漠与飞沙走石之间，如果用心去感受，用双耳去倾听，用双眼去搜寻，你会发现种种令你感动，令你惊喜的万物。这既包括作者在库木塔格沙漠偶然发现的那些五彩缤纷的玛瑙石，也包括书中所出现的每一个人和他们的故事。

这本书的一个特点是语言生动直白，不事雕琢。唯其如此，才使读者有亲临其境的感觉。如楼兰古佛塔下看流星雨和车陷沙漠那几段就是极好的例子。在沙漠无人区旅行，衣食住行都与大众化的旅游极为不同，虽然艰苦，却也是让人难忘的体验。

身为摄影师的作者在描述大漠戈壁的绮丽风光时，从没有忘记生活在这个世界里的人。例如在下面这段话里，你很难把他与描写的对象区别开来："面对眼前波光粼粼的塔里木河，老人一脸释然。哪怕这里已没有了黄羊、没有了野猪、没有了老虎，甚至河水中没有了鱼，但这里依旧是塔里木河，滋养世代英苏人的母亲河。面向着老友般的河水，老人唱起一段歌，沙哑惆怅，但带有一份希望。"

尤使我感动的是书中关于大漠深处简陋小村庄里维吾尔族小学生升国旗仪式的那一段描写。想起有一年国庆节，我们站在川西丹巴的碉楼上，好客的小男孩用两手张开五星红旗让我们给他拍照的那一幕；还有我初次进入康区，路边的小朋友对着我们的车行少先队礼的感人情景。

在祖国的偏僻角落里，无数极为普通的人过着虽然贫穷或单调但不失尊严的生活。每个人都有自己的梦想、自己的喜悦与自己的茫然与失望。每个人的生活道路不同，命运也不同，但每个人的故事都有血有肉、有声有色，都能感动我们。

作为一个旅行者，继开的足迹与视野遍布全球。在黄石公园拍过日全食的他明年又要去智利拍日全食。但是他会一次又一次地重返几个他所心仪的地方（如梅里雪山和罗布泊），犹如重读一本文学经典名著那样试图进一步认识和读懂它们——或许我在这里用"爱人"这个词不至于太俗吧？这是一种执着的爱，一种不带占有欲的爱，一种不能自已的爱。我们这个时代，在自己的护照上盖上一百个国家的签证和入境章并不值得炫耀，更值得钦佩的，是那些带着一颗心去旅行的人。

是的，罗布泊是上天为热爱这片土地的人特意保留下来的。罗布泊属于他们，正因为他们属于罗布泊。

林晓云

2018年6月25日 于北京

引言 <<<

　　春天，万物复苏的季节，而在新疆塔克拉玛干沙漠以东，库木塔格沙漠以西的罗布泊，此时正是风季。不管是塔克拉玛干的细沙还是库木塔格的砾石，这个季节里都会随风飞舞，漫天沙砾中，偶尔会有探险者闯进这片3000多平方公里的无人区，因为吸引力——这里是罗布泊。

　　前不久，也是春天，与难得一聚的老友陈建中和林晓云喝茶聊天。聊丝绸之路的兴衰，聊罗布泊的变迁，聊那个用毕生探索西域历史，并让楼兰重新展现在世人面前的斯文·赫定。二位都是经历丰富之人，都对罗布泊的古今有着无限兴致，都是斯文·赫定的拥趸。天马行空的陈建中从说话、做事到写作都展现着重庆人麻辣的一面，他曾一个人沿着斯文·赫定的脚步独行，并出版了《一个人的西域》。林晓云先生的做事与写作风格更趋于平实，也曾沿着多位先驱者的足迹行走南疆与藏北，出版了英文著作《Searching for Shambalha》（《寻找香巴拉——沿着早期探险家的足迹》），并翻译了斯文·赫定的探险三部曲中的《Central Asia and Tibet》。

　　聊得尽兴，思绪回到行走罗布泊的往事，在两位前辈的建议下，我也决定，将自己多次行走罗布泊的见闻整理成书。作为纪念的同时，也可以让更多对丝绸之路、对罗布泊感兴趣的朋友，喜欢斯文·赫定并被他执着精神打动的读者，用另一种视角走进罗布泊。

说到罗布泊，绝大多数人会想到"无人区""核基地""楼兰"。因为难以抵达，这些耳熟能详又感觉遥远未知的地方，自然也就吸引了无数旅行者和摄影爱好者的目光。而这片被世人以"无人区""不毛之地"冠名的地方，并非自古就无人居住，恰恰相反，这里曾水草丰美、河道遍布。

曾几何时，天山、昆仑山和阿尔金山的雪水融化形成塔里木河、孔雀河、车尔臣河、米兰河，以及来自敦煌附近祁连山冰川融水的疏勒河，一起源源不断注入罗布洼地形成湖泊。那里曾经是西域最大的生命绿洲，绿洲间西域古国星罗棋布，相互连接的道路又构成了历史上最著名的贸易联络线——丝绸之路。

记忆中，第一次知道罗布泊这个名字是在1980年，同时还知道了另一个名字——彭加木。

我出生并长大在新疆哈密第六地质大队的大院儿里，那是隶属于新疆地矿局的驻哈密单位，哈密位于罗布泊北缘，距现在已经干涸的湖心有四百公里。当时的家还是土坯搭的平房，一大一小两间屋，还有一个十来平方米的小院子，院子里有一孔菜窖，夏天的时候喜欢在里面待着玩儿，因为凉快，同时能研究一下潮湿虫的生活。

刚上小学那会儿，有一次老爸回家很晚，回来就说彭加木在罗布泊失踪了，新疆各地质单位都派人去协助搜寻，军队也派了部队和直升机。

当时没想过搜寻规模有多大，这一事件的影响有多久远，只觉得彭加木一定是个不同寻常的人，而这罗布泊又是哪里？和自己去过的戈壁滩有什么不同？总之，罗布泊这个名字已经深深印在记忆中，希望有朝一日，自己也能走进罗布泊，行走在那片浩瀚的世界，像那些勇于探索未知的前人。

二十世纪九十年代初，喜欢抓蛇养鹰的我从师范毕业，回到上了八年学的母校——地质中学任美术老师。这是从小学到高中一条龙的子弟学校，当年从高考升学率到学校软硬件都属当地一流。闲暇时候喜欢跑到图书馆里翻书，那时还没有网络的概念，图书杂志是获取知识的主要来源。在图书馆里，再次注意到了罗布泊，知道了王昌龄的诗句"不破楼兰终不还"里说的那个楼兰竟然也在罗布泊，在二十世纪初被瑞典探险家斯文·赫定发现。

　　时间转到二十一世纪，千禧年的夏天，我从努力考取的电影学院顺利毕业，然后稍有波折地来到《北京晚报》摄影部打零工。部门主任风哥工作要求严归严，但对我们这几个临时工都很照顾，从生活到工作，尽可能给我们提供帮助与机会。一年后，2001年秋天的一次例会上，风哥说交给我一项采访任务，配合副刊的沈沣采访，目的地是新疆，竟然是罗布泊！

　　2001年是斯文·赫定发现楼兰一百年整的日子，一场名为《百年发现·世纪穿越》的大型采访活动将拉开大幕。从斯文·赫定第一次探访新疆，穿越塔克拉玛干沙漠的麦盖提出发，沿丝绸之路古道，穿过塔克拉玛干沙漠与罗布泊荒原，最终将抵达楼兰古城。于是，我在离开新疆几年后，得到了梦寐以求的机会——穿过罗布进楼兰。

　　第一次探寻感受到罗布泊历史的深厚博大，简直是一阵风拂过就带出一段历史，同时又因为第一次来此是大部队行进，有顶级沙漠车和专业司机做保障，缺少了一份探险的感觉。于是，在首次走进罗布泊十年后，再次同几位朋友来到罗布泊，从西侧的尉犁向东边的敦煌，驾车穿越。寻找丝绸之路的历史沉淀，面对罗布荒原的大漠苍凉，以渺小的生命面对艰辛的旅途。

>>> 目录

序
引言

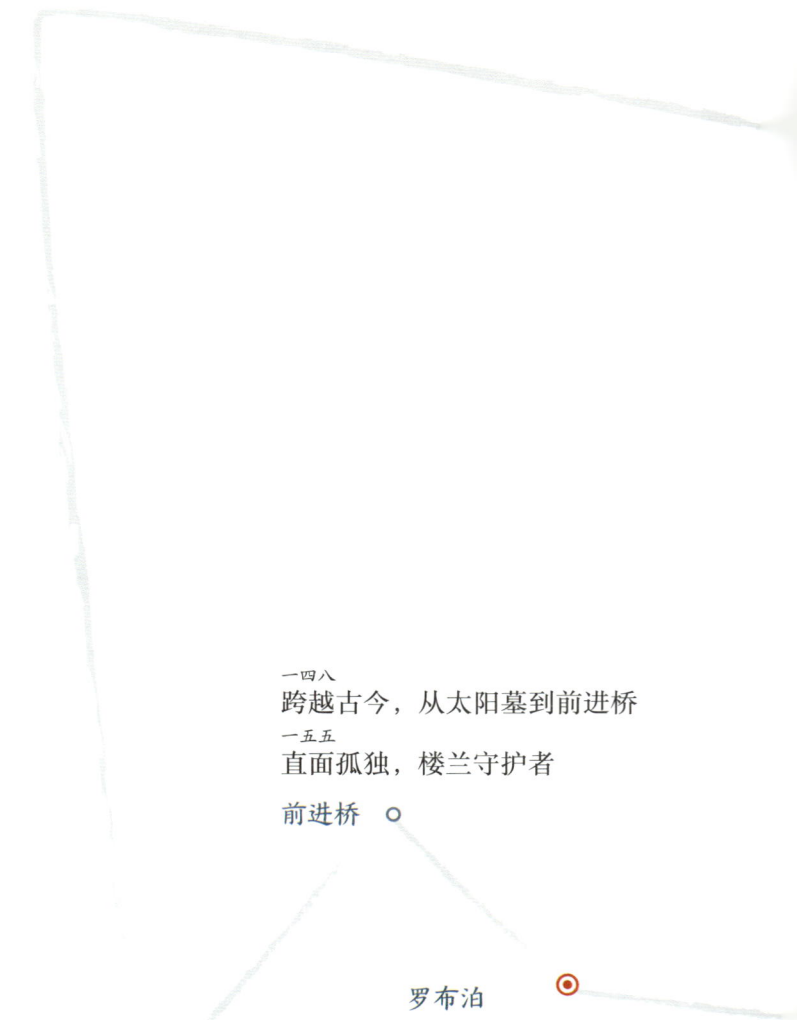

百年前，正是这些被埋葬千年的古堡，吸
引了世界各国的探险者前来探寻。

>>> 百年发现之路，从麦盖提出发

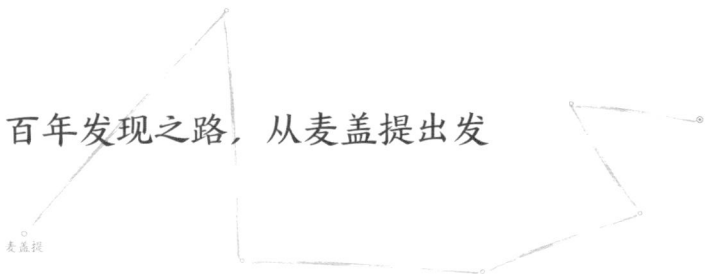

麦盖提

　　"1895年4月10日一早，我们驾着八匹壮实的骆驼从麦盖提出发，骆驼的负重都很沉，大铜铃的铃声庄严肃穆，仿佛要去送葬似的。屋顶和街道上已经站满村民，神情无不沉重。我们听见一位老人说道：他们一去不回了……"

　　著名探险家斯文·赫定在他的著作《亚洲腹地旅行记》中这样描述他的第一次塔克拉玛干沙漠的探险。出发点是沙漠西端的麦盖提，打算沿十年前英国人凯瑞和道格里西，以及俄国人普哲瓦尔斯基的路线，过麻扎塔格山前往和田河。斯文·赫定一行五人，带着八匹驮满物资的骆驼，以及三只绵羊、十一只鸡，还有预计够饮用二十五天的水，踏上闯荡塔克拉玛干沙漠内陆的旅程。

　　一个月后，斯文·赫定和他的仆人，以及另一位向导，先后九死一生地抵达和田河，而另两位向导以及那些骆驼，永远留在了沙漠之中。

　　在斯文·赫定发现楼兰一百年后，我有机会随《百年发现·世纪穿越》摄制组从喀什出发，沿着塔里木盆地的沙漠边缘向东行进，并进入罗布泊腹地前往楼兰古城。斯文·赫定第一次穿越塔克拉玛干沙漠的桥头堡正是麦盖提，我们从喀什出发的第一站也是麦盖提，整体线路正是沿斯文·赫定的脚步前行，也算是对先驱者斯文·赫定的致敬。

摄制组由刘稷带队，组里的大多数人当时并不认识，除了同事沈沣，还有主持人王旭东，媒体同行老苏、老尹、安东。

这条穿行于塔克拉玛干沙漠与罗布泊的线路是古丝绸之路的一部分。这条存在近两千年的贸易线路起源于西汉时期，但"丝绸之路"一词并不是那会儿的名字，而是十九世纪德国地理学家李希霍芬（richthofen）提出的。他所著的《中国》一书中首次把汉代中国通过西域和印度、欧洲之间以丝绸贸易为主要动力的交通路线称作"丝绸之路"（德文作Seidenstrassen，英文作the Silk Road）。丝绸之路有多条通道，密布于天山山脉两侧至昆仑山间的罗布泊和塔克拉玛干沙漠。时光荏苒，千年前那些古道与古道所经过的城市很多已被风沙掩埋，当地维吾尔族百姓称塔克拉玛干为"埋葬在沙漠中的古堡"，百年前，正是这些被埋葬千年的古堡，吸引了世界各国的探险者前来探寻。

由于跑得较快，车队有些散，我们在一片大红柳包间停车等待。也许是荷尔蒙过于旺盛，虽然没有女性在场，司机杨子依然执意要开车冲红柳包。从小就接触这种沙漠植物的我自然知道红柳的特性，根扎得很深，极有韧性，枝叶脱落后会和沙土混合，年复一年形成一个个巨大的红柳包，看似结实，但实际很松软，发达的根系还会阻碍车轮的前行。此时的杨子可不听劝，在他看来，冲上去不是什么难事，挂四驱不就得了。

结果和我的预见相同，杨子同那辆4.0排量的切诺基一起挂在红柳包上动弹不得。此时的杨子慌了神，让大家帮忙推车，这要让随后赶到的队长刘稷看见，少不了一顿臭骂。沈沣、安东、老尹帮忙推车，我在一边给大家拍照留念，突然发现沈沣站的地方有问题——车右后轮的后方。车想脱困自然是挂四驱，按杨子的性格必定是直接轰油门……刚想到这里，就听那辆切诺基发出猛烈的嘶吼，那一刻，说不清是来不及多想还是打算验证自己的判断，总之，第一时间做的不是提醒沈沣，而是端起相机。

紧接着，切诺基后轮扬起两米多高的沙土，将一米八几的沈沣包了个严严实实，就像投身在"焚身似火"的烈焰中。

还没等大家清理完沈沣头上身上的沙土，刘稷驱车赶到，见此场景，怒火

中烧，但也只能先想办法为车脱困。还好一位附近的村民开着拖拉机路过，虽然语言不通，但依旧热心的从家中拿来拖车钢绳，看那钢绳的外观，绝对是经常使用。在村民的帮助下，杨子的车成功脱困，解钢绳时，维吾尔族村民的手掌不慎被划破，鲜血直流，但他笑笑表示没关系，便开着拖拉机回家，还不忘回身与我们挥手告别。

咚—吧啦，咚——吧!

咚—吧啦，咚——吧!

刚到麦盖提，就听到儿时熟悉的手鼓节奏，听说乡里正在举行一场盛大的麦西莱甫，急忙赶去，到了才得知这是因为我们的到来而专门举行的欢迎仪式。

两排冲天耸立的白杨树间，上百位当地居民敲着手鼓、弹着热瓦普，跳着麦西莱甫迎向我们，并邀请大家加入队伍，一起跳舞。麦西莱甫的舞蹈以旋转身体及同时挥动手臂为主，如果不是个性十足的斗舞，基本还是舒缓流畅，比较易学。刘稷带着大家融入欢迎的队伍，沈沣、安东还好，老尹跳的感觉很别扭，就像走路一顺拐，注意了脚步就忘了手臂的挥舞。管他跳的好不好协调不协调，开心就好。大家跳着乐着，前往欢迎活动的主场地，一片相对空旷的空场。

突然，一个粗犷、高亢，透发着无限苍凉的声音直上云霄，有位中年男人带起了刀郎木卡姆的表演序幕。几十位维吾尔族老人就着寸把厚的尘土席地坐着，使用最多的乐器是手鼓，还有艾捷克、卡龙琴、刀郎热瓦普。主唱的中年人也是指挥，演奏者同时也是演唱者，苍凉的声音极具穿透力。此刻，感觉就像摩擦青铜鱼洗产生了共鸣，地下的尘土都在这声音的传导间震动起来，浮在空中。老人们用手中并不精致的乐器与沙哑豪放的声音表达着自己的心境，我们听不懂内容，但这声音足以感染所有的人，哪怕你丝毫没什么音乐细胞，它也能让你变得激情澎湃。这种心境，远非后来出现，冠"刀郎"之名的城市流行歌手嗓音所能相比。

麦盖提是刀郎木卡姆的发源地，与新疆其他地方的木卡姆相比，刀郎木卡

姆个性突出，风格更鲜明，它的狂野色彩和野性气质独一无二。刀朗木卡姆据说原有十二套，合称"十二木卡姆"，现在能收集到九套，主要包括"巴希巴雅宛木卡姆""孜尔巴雅宛木卡姆""区尔巴雅宛木卡姆"等。每套刀朗木卡姆都由"木凯迪满""且克脱曼""赛乃姆""赛勒凯斯""色利尔玛"五部分组成，为前缀有散板序唱的不同节拍、节奏的歌舞套曲。每部刀郎木卡姆的长度为6到9分钟，九套总长度约一个半小时。刀朗木卡姆的唱词全都是在刀郎地区广为流传的维吾尔民谣，充分表达了刀郎维吾尔人的喜、怒、哀、乐，同时反映出维吾尔族社会生活的各个方面。

刀郎木卡姆表演结束，我才注意到这片空场实际就是阿曼尼莎纪念馆的院子。进来半天，自己的注意力完全被老人们的表演所吸引。

阿曼尼莎是十六世纪叶尔羌汗国的王后，她出生在麦盖提，也是"十二木卡姆"的整理者。传说叶尔羌汗国的国王狩猎时，看天色已晚，就在沙漠边缘的一位樵夫家借宿，不成想，遇上了主人美貌的女儿阿曼尼莎。阿曼尼莎能歌善舞，还会写诗。话说维吾尔族姑娘就没有不能歌善舞的，但还会写诗就使国王深深地爱恋上她。回过头来，国王就头戴王冠、手握权杖，带着牛羊、茶叶、绸缎来向阿曼尼莎求婚。

话说这国王也是讲究人，不管身份地位，客客气气，彩礼必备！

成为皇后的阿曼尼莎与音乐大师卡迪尔合作。经过两个人的整理，填入很多当时的诗歌，包括阿曼尼莎自己的作品，使得维吾尔族传统音乐能以"十二木卡姆"的形式得以流传。遗憾的是，阿曼尼莎在34岁的时候英年早逝，但"十二木卡姆"至今依旧流传。

百年前，当斯文·赫定来到麦盖提时，也一定听过这传世已久的乐曲。随着那沙哑、高亢的声音，他们毅然决然地走进大漠，开始探寻那沉积千年的历史。如今，我们也来到这里，踏着前人的足迹，出发。

> > > 向导克里木

麦盖提

1900年3月5日，斯文·赫定从位于塔里木河沿岸的探险总部出发，向着罗布泊前行，随行人员中有一位向导叫奥迪克。考察队在沙漠中发现一处遗迹并进行挖掘，不成想第二天离开时，奥迪克将一把铲子遗忘在废墟处，傍晚扎营才发现。此时起了沙尘暴，但奥迪克执意独自返回寻找那把铲子。

一天后，奥迪克安然抵达约定的汇合处，不但找到了那把铁铲，同时还带回了偶遇的另一处遗址中捡回的精美雕花木板。由于存水只够两天，五年前曾饱受断水折磨的斯文·赫定压制住自己内心强烈的冲动，没有立刻前往。但他发誓来年冬天一定要回到这里，寻找奥迪克发现的那座古城。

因为一把遗失的铲子，一位执着的向导，一年后，斯文·赫定发现了消逝千年的楼兰古城。有了这个发现，再次揭开那段丝绸之路以及中国边防的历史，向世人展现出被沙土掩盖千年的曾经往事。

抵达麦盖提简单安顿后，我们从麦盖提城外一个叫作库姆库萨尔的地方进入塔克拉玛干沙漠，感受沙漠之旅的同时，尝试从沙漠中寻找暗河挖井取水。库姆库萨尔曾是斯文·赫定百年前那次生死之旅路过的村子。当时他预计一周就能抵达和田河，可最终耗时一个月，九死一生，才幸运地到达和田河畔。

走过几排白杨树，踩到一片沙坡。这片沙坡向前延伸，能看到几百米外的层层沙丘，沙丘挡住了视线。

"这沙漠叫什么名字？"

老尹问道。

"塔克拉玛干！"

向导回答。

塔克拉玛干——从小就听过的名字，中国最大的沙漠。虽然自己从小在新疆长大，但从没来过。很熟悉的名字，却又感觉那么遥远，而此刻，我就站在它的边缘。

向导叫克里木，家就在库姆库萨尔村。这次是和几位村民一起，带着自家骆驼为我们进沙漠作保障，同时教我们如何在沙漠中寻找水源。哪怕只是沙漠边缘，越野车也已无能为力，一群骆驼接替车辆带我们继续前行。我挑了一头较大的骆驼，毛色很好，在驼峰间有块简单的鞍子。卧在沙地上的骆驼起身时先是后腿站直，然后前腿抬起，克里木嘱咐一定要抓稳，但我对风险预估还是不足。结果一手抓相机一手抓鞍子的我先往前猛地一冲，悬点儿从骆驼身上直接跌下来，接着又是向后仰，差点儿又从骆驼屁股后面栽下去。还好，有惊无险，坐稳了。

大家基本都已坐好，就剩沈沨没上骆驼。此时，只有一个头较小的骆驼空着，原因是这头骆驼年青，不愿让人骑，拒绝蹲下。见此，向导们只好把骆驼牵至一处沙坡旁，让沈沨从沙坡直接跨到骆驼背上。向导们做好准备，牵稳骆驼，沈沨也做好准备，平复一下紧张的心情，然后，甩开大长腿纵身一跃……

小骆驼不愿意被人骑，使劲往前挪动着身体，结果沈沨纵身一跃跨到了鞍子后部，眼瞅着他差点顺着骆驼屁股跌下来。最终在大家七手八脚的帮助下，沈沨好歹稳坐在了骆驼背上，大家得以顺利出发。

向导们引领着驼队带大家走进沙漠，不同于百年前斯文·赫定传奇而艰辛的穿越，我们不过是略微走进沙漠两三公里的地方，找一下沙漠中骑骆驼的感觉即可。如果对这种交通工具没有新鲜感，那骑骆驼并不是一件舒服的事情，我们只是体验一番。而在一周前，摄制组的一支小队先期从麦盖提出发，骑着

骆驼，沿当年斯文·赫定的探险之路向东，进入塔克拉玛干沙漠腹地，过麻扎塔格山、和田河，到达克里雅河边的达里雅布依村。半个月后，我们会在那里汇合。

别说骑骆驼半个月，骑一小时都让大家叫苦不迭，每过一个沙丘都会因起伏不定而有可能从骆驼身上跌落。不知道什么原因，老尹骑的骆驼总呼哧呼哧地从嘴角喷白沫，弄得他衣角和裤子上都是，却也无可奈何，只是轻轻揪着骆驼脖子上的毛说："你又不刮胡子，给自己嘴上打那么多泡沫干吗"。沈沣也实在不愿意待在骆驼背上，干脆下来徒步，还从克里木手中要过缰绳，试图引领驼队前行。结果，和他上骆驼时笨拙情形类似，无法让骆驼听话，只好作罢。

一小时后，我们到达一片沙丘间的洼地，沙地间有些芦苇。

克里木汉语水平一般，但对于我这个从小在新疆长大的人来说，交流没有任何问题。他说在沙漠找水有两种途经，一是看有无植被，比如有芦苇、红柳等植物生长的地方；还一种是找古河道，哪怕历经千年已经干涸，但地下水位也会比其他地方浅，容易挖出水来。

我们所处的地方是古河道，其间也有不少芦苇，说明这里有地下水。克里木在河床上用坎土曼画出一个接近一平方米的方形，然后逐渐向下挖，在沙漠里挖四方坑可以减少沙土滑下来的量，没几下，挖出的沙子就是湿的。坎土曼是维吾尔族使用的一种挖掘工具，类似于锄头，与手柄垂直的刃有二十公分宽。我用不惯坎土曼，于是拿了把工兵铲下去挖掘，感受一下沙漠取水的艰辛。

一百年前，坎土曼与铲子就是斯文·赫定的探险队必备工具，向导为了找回一把遗失的铲子，却意外地发现了遗失千年的楼兰古城。

大约挖了八十公分深，就发现已有水从沙坑底部渗出。一位老者示意我从沙坑中上来，他下去处理沙坑的边缘，然后用一个小铁罐收取坑底的积水。老人喝了一口后，接着把小铁罐递给我，说可以尝尝自己辛苦半天从沙漠里取到的水。接过小铁罐，尝了一小口，水充满了盐碱的苦涩味道。因为天气炎热，水分蒸发量巨大，残留在沙漠下的水源自然拥有醇厚的盐碱味道。多喝必然肠胃受不了，但在危急时刻，这水能救命，是探险者的希望。

1895年，斯文·赫定的探险队被困塔克拉玛干沙漠，没有找到水源。情急之下，除了饮用几乎不再流淌的羊血外，两位成员还将骆驼尿混合调料喝了下去，结果上吐下泻差点没死在当场。

挖完水井，大家坐在沙丘边休息，克里木卷上一支莫合烟，同沈沣聊天。克里木只有45岁，但因塔克拉玛干风沙的打磨，面庞展现给人的感觉是年近六旬的沧桑。他家在村里算富裕户，除了有25亩棉花外，还养了50只羊、5头牛，以及1头骆驼。

克里木说要多攒钱来买骆驼。虽然现在运输不再像千百年前的丝绸之路那样使用骆驼，但来这里旅游的人越来越多，如果多买几头骆驼的话，一来可组织探险队进沙漠旅游，甚至可以向当年的斯文·赫定那样前往和田河；二来也可以组织摄影采风团，很多城里的人有了相机，喜欢到这里组织驼队，拍沙漠驼铃之类的照片。

克里木的儿子现在乌鲁木齐上学。克里木说儿子毕业后要让他去当兵，自己就是当兵后回到的家乡，希望儿子退伍后能回来跟他一起当向导。

"他想回来吗?"

沈沣问。

"不管怎么样，还是要回家的嘛，就像我一样。"

克里木不假思索地回答。

随后，大家都没再说什么，只是静静地看着前方的沙丘。

风，簌簌地带着细沙在我们身边走过，向前，攀上沙丘顶端，然后扬起半米多高，又飘落在沙丘的另一面。

>>> 烤鱼盛宴

麦盖提

　　从沙漠中返回乡里，我们告别克里木来到麦盖提郊区，一处据说有千万立方米容积的水库边。叶尔羌河流域有几十座水库，除了蓄水灌溉农田外，每座水库都是一个巨大的鱼塘，有专业的养鱼人负责管理。常规的养殖方式是在室内繁殖育苗，然后把鱼苗投放至水库，随后再饲养、捕捞。这与内地的鱼塘养殖并无不同，只是这水域面积会让初来乍到的人感到惊愕——几乎是干旱代名词的新疆南部怎么会有如此之大的水域！如果不是渔民那特有的面孔，你绝对会误认为来到了江南水乡。

　　说起新疆美食，烤羊肉串绝对是最先被提及的一项，可在麦盖提的夜晚，我们却出乎意料的吃了一顿烤鱼大餐。这里的烤鱼可不是城市中的"某某烤鱼"或烧烤之类的概念，那场面、那气势，绝对让人无法忘怀。

　　麦盖提处于叶尔羌河流域，这条发源于喀喇昆仑山脉乔戈里峰附近冰川的大河全长近千公里，向北穿过塔克拉玛干沙漠，融入塔里木河。千百年来，叶尔羌河滋养着两岸的居民。当地人曾经主要靠打鱼为生，随着二十世纪中期大规模农业的开发，截流蓄水导致水源减少，这种生产生活方式现在已十分少见，但作为传统生活方式与现今旅游项目，大家依旧保留着野外烤鱼这门传统手艺。

刚到水库边，还没看到打鱼归来的场景，先注意到几位村民在一片小空地上堆树枝与木柴，并没有烤炉之类的物件，倒像是搞篝火晚会。疑惑之时，渔民开着摩托艇回到岸边，带回足有百斤的鲤鱼和鲢鱼。话说在新疆，称重是用公斤的，当你购物称重时，千万别觉得给你的东西似乎比内地多了一倍，实际上是因为这里长期习惯使用"公斤"作为称重计量单位。

卸货完毕，几位渔民一起动手清理。先从鱼腹或鱼背处切开，用两三根筷子般粗细的红柳枝横穿鱼身，再用一根略粗的红柳枝纵穿鱼背，撒上盐水和孜然、辣椒面等调料，随后将处理好的鱼，围着那堆刚点燃的篝火，斜插在沙土路上。此时一切都已明了，这烤鱼不像烤羊肉串、烤全羊什么的还需要烤炉与支架，完全是原生态方式，千百年来的传承。虽然还没吃到鱼，但能见到如此特别的烹饪方式，也已非常满足。

"现在的鱼都是养的，过去是野生的，味道更好！"

"那时会用牛粪烧火，牛粪基本就是草，没什么异味，但现在怕游客不接受，就不用了。"

烤鱼之余，渔民艾买提聊起叶尔羌河的过去。小的时候他们常在河里游泳，也经常用一些简易的渔网捕鱼。枯水期的时候，大家用渔网拦在已经很浅的河水里，然后一部分人在水里跑着，用棍子把鱼往网里赶，另一部分人负责在网边抓鱼。如果到了洪水期，河水会流到胡杨林里，等到洪水退了，直接去林间拣鱼就可以。

聊着天，篝火已经燃起挺高。艾买提认真地看着、感受着风的角度和火焰的温度，不时还坐在地上用脚去推篝火下方的树枝，适当改变位置和角度。他说此时掌握火候非常重要，火太大鱼会烤焦，太小了鱼烤不熟，加上风向有时会改变，很多因素加一起决定这烤鱼的质量。

十多分钟的烈火烘烤过后，艾买提又调整了一番烤鱼的位置。用剩下的炭火再慢慢烘烤大约半个小时，几位渔民又往鱼身上补调料，类似烤羊肉串的方式。此刻，已经泛着焦黄的鱼身上，冒着热气与吱吱的声响。大家都呆呆地站在篝火边，盯着那一排排鱼皮已经焦黄的烤鱼，等待即将开始的饕餮盛宴。

在我看来，能现场观看传统烤鱼的过程要比吃烤鱼更有意思，但吃烤鱼绝对是一天内最热闹的时刻。似乎没有人去评判烤鱼的味道，而是都急着敛过来一两条看着大小合适、火候合适的烤鱼，大快朵颐。

吃罢一条鲤鱼，溜达到水库边发呆。此刻，并不觉得这片景致美丽，反而有些恐惧。这里原本没有水库，水库是政府为改善当地人生活修建的，被困其中的水，本该继续向前，汇进塔里木河，流进塔克拉玛干与罗布泊，形成自己的一套生态、循环系统。水库的确让人们的生活有所改善，可它也让这里的大生态环境面对新的隐患。如今除了自然渗漏、蒸发，还有大量耗于灌溉，枯水期时下游河床干涸，已无法有余水到达塔里木河。

第二天，我们将告别麦盖提，告别绿色的叶尔羌河流域。前方的道路将逐步变得艰难，甚至没有道路可言。就像叶尔羌河，上游滋养着两岸居民繁衍生息，而下游，逐渐淹没在漫漫黄沙之中。

>>> **天边的绿色**

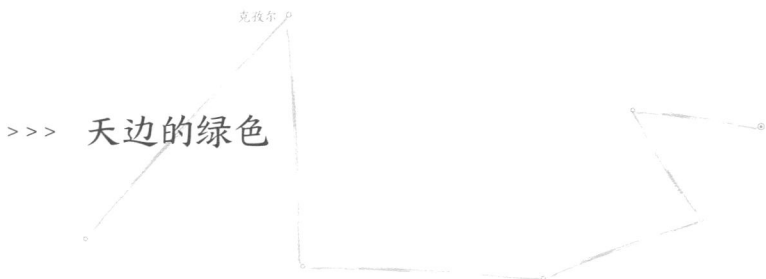

　　清晨，伴随着梦中的刀郎木卡姆，起床。今天要离开麦盖提，沿着塔里木盆地西北边缘前往库车。在库车县与拜城县之间的克孜尔石窟，有一处龟兹石窟研究所。二十世纪最后一个年头，在这里工作的老友王志兴曾给我讲起一个石窟护理员的故事。他们单位有一位叫热合曼的维吾尔青年，守护着克孜尔石窟群条件最艰苦的尕哈石窟。那里没有水、不通电，可热合曼在那里一待就是十几年。除看护石窟外，还照应着门前那两棵由三代护理员呵护过的榆树，那两棵榆树为护理员们提供了几十平方公里内仅有的绿色。

　　克孜尔石窟群是中国最早的佛教石窟群，包括克孜尔石窟、克孜尔尕哈石窟、森木赛姆石窟、库木吐拉石窟等珍贵又脆弱的石窟。这里也留下过玄奘等先驱者的足迹。

　　作为佛教文化表现形式之一的石窟艺术起源于古代印度。公元三世纪左右，佛教经中亚传入我国新疆地区，并以此为点逐渐东传。公元五至八世纪佛教在中原各地盛极一时。新疆是佛教传入中国的出发点，并对敦煌莫高窟、龙门石窟、云冈石窟的早期洞窟及壁画形式影响巨大。

　　来到研究所，认识了王志兴的同事兼好哥们儿——台来提。台来提家在喀什，毕业后早王志兴一年来到克孜尔，白天一起工作，下班后一起住在一处围成回形的宿舍里。台来提绝

对是个活宝级的人物，跑来搞石窟文化研究而不去说相声，甚是可惜。到达克孜尔研究时，有位研究所工作人员在宿舍院子中间的空地上唱歌，歌声不大动听，甚至说是调门乱拐，而且唱了许久未停。见状，台来提走上前搭话——

"刘老师，您还是别唱了，刚才在门口遇见山后面住的大妈，她说家里的驴跑出来了，非说就在咱们院子里！"

短暂休息后，在王志兴和台来提的带领下，我们前往距库车县城十多公里远的尕哈石窟，去见见那位久闻大名的石窟护理员——热合曼。

尕哈是一座烽火台的名字，位于新疆库车县西北12公里的戈壁滩上。它是丝绸之路上古老的军事报警设施，历经两千年风风雨雨。在烽燧南侧不远处的戈壁丘陵上，有一处开凿于公元4~8世纪的石窟，它因在尕哈烽燧附近而得名尕哈石窟。石窟现存洞窟61个，有壁画洞窟11个，壁画题材内容、绘画风格属古龟兹时期典型风格。热合曼是尕哈石窟的第三代护理员，他的家在离石窟十公里远的夏马勒巴格村。因为只是临时工，热合曼每个月的薪水只有三百多块，没有"三险一金"，没有其他任何保障。

从克孜尔到尕哈有一条近道，就是穿过盐水沟。盐水沟因山沟的水流含盐量高而得名。这里也是丝绸之路故道，从龟兹国通往姑墨国的咽喉地带，千年前客商、军人、佛教徒们穿梭于此。电影《天地英雄》也在这里取景，留下一场山谷战斗的大戏。穿过盐水沟，我们顺利来到尕哈石窟，石窟下有一排三间土坯房。那是研究所为护理员修的工作站，一间住人，一间放生活必需品，还有一间存放工具。工作站前的空地上，有两棵榆树，在灰黄色的世界里显得那么渺小，但却坚韧地活着。

推开门，屋里有一位慈祥的老者，是热合曼的父亲，他说儿子的胆囊炎犯了，回村里的卫生所看病。热合曼不在石窟的日子里，老父亲便前来帮忙看护。除了风声和自己发出的声响之外，床头的半导体是唯一还能出声的东西，也是了解外面世界的唯一窗口。但此时，收音机已经坏了。

石窟没有水，不通电，两棵由前任护理员栽下的榆树是除热合曼之外这里仅有的常住"居民"。弟弟热西提每隔一段时间都赶着驴车拉来一桶水，而热合曼只留下一部分来维持自己的生活所需，其他的都会浇灌在那两棵榆树下的沙土里。树的旁边有一口枯井，父子三人用大半年时间挖的。但因地势较高，挖了27米深，下面依旧空空如也。

告别老人，我们来到夏马勒巴格村找热合曼。这是一个传统而又普通的小村庄，道路两侧白杨树成排挺立，土坯盖成的农家小院简单而又清净，院子里种满葡萄，葡萄架下大多放着一张铺了红色地毯的木床，一家人在这里可用餐，可小憩。

热合曼在村卫生所。回家后他先去了县城，在县医院看病取药，再回村卫生所打针。因为长期生活在石窟，几乎吃不到蔬菜和水果，热合曼拿回的药里大多是维生素。简陋的卫生所，村医为热合曼静脉注射，阴暗的小屋里，通过从窗户透进的微光可以看到，针头柄上还带着斑斑锈迹。

当针头扎进热合曼身体那一刻，可以看出他有些紧张，脸上的肌肉绷得很紧，随后，略有放松。因为没有专用的挂架，村医把吊瓶挂在房梁上，看到我在拍照，村医特意拉开电灯。平时，白天基本不会去想着开灯，哪怕屋里光线很昏暗。话不多的热合曼看着吊瓶里的药水一滴一滴的下落，两个小时，就那么呆呆地坐着。由于长期一人待在石窟里的缘故，他很少主动与人交谈。

"嗨，啾"

"嗨……啾……"

午后，迎着塔克拉玛干沙漠北缘燥热的阳光与沙尘，我们离开村子返回尕哈石窟。热合曼的弟弟热西提赶着驴车，上面拉着一汽油桶水，还有一暖瓶热水。随着路面颠簸，水从汽油桶顶端的入水口颠了出来。见状，热合曼赶忙跳上驴车，用一团布堵住入水口。那块布本是包裹保护暖瓶是用的，没了保护，热合曼干脆抱着暖瓶坐在驴车上。暖瓶是红色的，经过岁月侵蚀，边缘的铁皮已经生锈。暖瓶里是母亲装满的热水，好让身体不适的儿子有热水喝，哪怕也就是喝一两天。

驴车越走越远，渐渐地将夏马勒巴格村的那片绿色拖在身后。渐渐地，那片绿色，消失在地平线的黄沙之中。

两小时后，我们来到尕哈烽火台，尕哈石窟就在前方不远处的山谷里。据说"克孜尔"是"姑娘"的意思，尕哈是"居所"的意思，"克孜尔尕哈"就是姑娘居住的地方。在当地流传着一个民间传说：古时候，龟兹国的一位公主和一个穷人家的小伙子相爱，然而，等级观念使他们不能成亲。于是小伙子乔装成一个巫师，为国王算卦时说他的宝贝女儿要被蝎子毒死，必须住在最高的地方。国王便把女儿送到了烽燧之上居住。随后，小伙子时常攀上烽燧和自己心爱的人相会。后来，国王发现此事，用乱石把小伙子活活砸死在烽燧之下，而公主悲痛欲绝，跃下烽燧殉情。

不知那个传说因何而出，但居住在这里的热合曼则没有这传奇的情感经历。因为离家太远、生活条件太差，热合曼的妻子离他而去。他也没有抱怨什么，毕竟自己选择了守护石窟的工作，就得面对生活的艰辛与寂寞。

来到工作站门前，稍事休息，热合曼回房间取出两个塑料桶。兄弟俩从驴车上取下一根胶皮管接在汽油桶上，先装满两个塑料桶，这是热合曼十天左右的饮用水。随后，他们将水管放置在两棵榆树间的沙土里，水，一点点地渗入干渴的土地。

因为天气炎热又缺水，热合曼十年来栽种的树再没成活过，喂养的几十只小鸡也陆续夭折。热西提怕哥哥太寂寞，从村里牵来一条狗，可狗也待不下去，晚上挣开链子逃回了村里。现在热合曼的寄托，便是让这两棵三代护理员先后呵护过的榆树，继续生存下去。

· 谁都清楚，这几十平方公里内仅有的两棵树对于沙漠戈壁来说显得微不足道，但这远在天边的点点绿色却是护理员在此生存下去的寄托。绿色在城市中带给人们的是清新的感觉，在这里，绿色带来的则是无尽的希望与梦想。

　　日出而作，日落而息，除了偶尔前来探访的学者，热合曼成了这片文明遗迹中唯一的"文明"。每天围着石窟打转，每十天从十多公里外用私家驴车拉水灌溉树下干涸的沙土。空旷的戈壁，让初来此地的人顿感眼角"干涩"，可热合曼却用一种类似使命感的精神拱卫着这座没有生命但记载人类文明历程的石窟好多年。

　　黄昏中，巡视石窟完毕的热合曼蹲在最高的一处石窟平台上，发呆。

　　"热合曼，你现在最希望改变的是什么？"

　　"希望这里能打出水，这样就能多种树，将这片干涸的山谷变成一小片绿洲。"

　　面对我的问题，稍许沉默的热合曼做出了回答，他的答案——水。太阳在天边落下，看着逐渐隐没在山谷中的那两棵榆树，我对热合曼说，一定会有水的，你能在这里种更多树，树林里还有孩子在玩儿，是你家的孩子……

　　听到这些，热合曼笑了。不知他是觉得不可能，还是觉得，有了一份希望。

> > > 沙漠铁驼

　　黄昏中，热合曼和热西提站在克孜尔石窟断崖上。天空一片土灰色的昏黄，只有断崖下那两棵榆树带来些许绿色。也许是落日余晖非典型性的浑浊色彩，或是塔克拉玛干沙漠扬起的浮尘覆盖天空所致，这场景充满了悲凉之感。我们像过客，驱车远去。热西提赶着驴车回村，只留下热合曼一人坚守在这片广袤、贫瘠、无水的世界。

　　告别热合曼，我们从轮台向南，经沙漠公路穿过塔克拉玛干，前往沙漠南侧的于田县，再从那里沿克里雅河向北，深入沙漠腹地二百多公里，去一个叫达里雅布依的村子。后面的路非同寻常，或者说很多地段根本没有路，就是沙漠，需要依靠更强劲的座驾继续向前——"尤尼莫克"沙漠车。

　　从轮台向南走350公里来到塔中。塔中，顾名思义就是塔克拉玛干沙漠中心。塔克拉玛干沙漠面积33.7万平方公里，是世界上最大的流动性沙漠。资源评价显示，塔里木盆地可探明油气资源总量150亿吨，其中石油80.62亿吨、天然气8.86万亿立方米。1999年7月，按照中国石油天然气集团公司部署，重组成立了塔里木油田分公司和塔里木石油勘探开发指挥部，我们需要借用的尤尼莫克就来自于塔里木石油勘探开发指挥部沙漠运输公司，这是"世界最大，中国唯一"的专业化沙漠运输队伍。

到了约定的汇合点，三辆尤尼莫克已经一字排开，三位司机也已在车前等候。

刘建兵个头不高、腰圆脸圆、爱聊天；杜胜利在三人中最年长，沉稳、话不多；李勇是队长，瘦高个、酷劲十足。

他们身后的尤尼莫克最早设计诞生于1946年，是奔驰越野车里的"扛把子"。最大功率279马力的发动机、3吨的最大满载重量、7吨的前桥允许载荷等卓越特性，将它打造成为性能强悍和越野能力超强的沙漠小怪兽。

"这车可是真大奔！不光是奔驰产的，在沙漠里也照样奔驰，带有电子－气动式Telligent换挡系统变速箱，有8个前进挡和6个倒挡，上五十多度沙坡没问题！"

"这车官方叫乌尼莫克，我们叫尤尼莫克，无所谓，都是说它。"

"其实你们付的租金很低，也就是租车的钱，我们仨是打包白送的。"

一上车，刘建兵就开始滔滔不绝地介绍他的爱车。介绍爱车只是热身，目的是让大家尽快熟悉起来，也看看和刚上车的这几位能不能聊到一起。走着走着，刘建兵开始切入正题——讲段子，他说自己是库尔勒还是乌鲁木齐的某某酒吧2000年度段子大赛冠军。也许是吹牛，成天在沙漠里跑，能有几回去城里的酒吧。不过话说回来，刘建兵故事就是多，你说一个他能来仨，讲一天还都不重样。讲到兴起路遇沙坡，双手一拍方向盘——"走你！"

性格豪爽的刘建兵开车也豪爽，也爱听夸奖的话。可谁又不爱听夸奖的话呢。

没过太久，沈沣就有了他的总结，刘师傅最爱听的话包括："还是你的车开得快""你是个有层次的司机""你最讲职业道德！"

"这样夸我你不觉得肉麻吗？"

"我们夸得多了，也就不觉得肉麻了……"

相对刘建兵来说，杜胜利话很少。停车休息时听大家聊天，时不时露出憨厚的笑容，但偶尔加一句话，就能给所有人带来惊叹。他在三位司机中年纪最大，个性沉稳，他的尤尼莫克车况也是三辆车中保持最好的，在车队中负责压阵。李勇带队打头阵，把相对性子急的刘建兵放中间。

　　李勇的背包里有一本书，一本反映沙漠运输司机生活的书，书名叫做《沙漠铁驼》。的确，尤尼莫克不就是沙漠铁驼嘛，司机们则是驼手、向导。百年前穿行在茫茫沙漠间的驼队现已无用武之地，沦为旅游项目及摄影爱好者摆拍的工具。如今穿行沙漠，靠的是这些"铁驼"，不知疲倦，有油就行。

　　翻开书，里面有一章写的李勇，写他的恋爱经历。李勇的妻子是位模特，女追男，当年这种情况可是不多见。沙漠车司机一年到头沙漠里跑，少了个把月，多的百多天才能回家一趟。想家的时候李勇就翻翻书，眼瞧着书已经被翻烂了。

　　逐渐的，大家习惯了坐沙漠车的节奏。随着道路变化而摇摇晃晃、上下颠簸，这就是乘坐尤尼莫克的特点，不会很舒适，但绝不会把你扔在路上，除非太作。尤尼莫克就是一款双排座小卡车，驾驶舱除了驾驶员是单独座位以外，副驾是双人座，后排则是三人，挤一挤放四个人也没问题。如果说问题，就是颠着颠着容易犯困，沈沣说尤尼莫克就像个大摇篮，具有强烈的催眠功效。不讲段子时，睡意就会不时袭来，车厢里的几个人便东倒西歪地睡着了，遇到道路不平造成较大颠簸，顿时能让人撞上车窗、车顶，或是同伴身上。

　　又一天在路上度过，在车上度过，天黑前，我们顺利到达于田县。

　　1959年，曾经流传两千年的名字"于阗"被简化为"于田"，并开始官方运用。在当地，还习惯把这里称为"克里雅"，因为那条滋养着两岸居民的克里雅河。公元前60年，西汉政权建立西域都护府，这里属于西域都护所管辖三十六国之一的"扜弥国"。东汉末年群雄并起，中央政府无法顾及西域，扜弥国被于阗国吞并，光绪八年（1882年），清政府置于阗县。

在于田，最有名的人物可以说是"库尔班大叔"。1949年，新疆和平解放，六十多岁的库尔班·吐鲁木第一次种上了属于自己的土地。他精心耕作，第一年就获得了丰收，库尔班大叔心里萌生出一个愿望：去北京，当面感谢毛主席！1955年秋天，库尔班大叔打了上百斤馕，赶着驴车上北京去看毛主席，但路途太过遥远，被县里的干部劝回。1958年，和田专区组织优秀农业社主任、技术员和劳动模范去北京参观农具展览会，库尔班·吐鲁木也荣幸地在列。6月28日，库尔班大叔和全体代表在中南海见到毛泽东主席。1995年，一座毛泽东与库尔班大叔握手的雕塑巍然矗立在于田县城西口，这也成为于田县政府为鞭策下一代而建的爱国主义教育基地。

进城时天色已黑，路过那尊著名的雕像。我倒没看见，是停车后刘建兵告诉了我。这段流传半世纪的故事，伴随着我们这代人长大。

对于于田，很多人知道库尔班·吐鲁木，但没几个人知道斯文·赫定。百年前他多次来到于阗，沿着克里雅河向北，经通古孜巴斯特找到了喀拉墩古城，并继续向北，穿过沙漠抵达塔里木河。后来，斯文·赫定又沿着塔里木河再转向孔雀河往东，继而发现了沉睡千年的传奇古城——楼兰。

> > > 沿着克里雅河前行

"我们继续旅行，穿过森林和大片芦苇，河道分为几条支流，从而形成一些内陆三角洲。2月5日，我们碰见四位牧人，负责放牧八百只绵羊和六头奶牛。两天后，住在树林里的默罕默德老人告诉我们，这条河消失在沙漠里的地方离此地只有一天半的路程。他还告诉我，最近三年里都没有看见过老虎，最后见到的那只抓过他的一头奶牛，之后往北走，又返过来，最后老虎跑进沙漠向东去了……"

斯文·赫定在他的《亚洲腹地旅行记》中，用上面这样一段文字来描述克里雅河。这条大河长约530公里，发源于昆仑山主峰的乌斯腾格山北坡，自南向北流淌，在营造、滋养了于田绿洲后，继续蜿蜒向北深入塔克拉玛干沙漠腹地，最后消失在达里雅布依附近。从斯文·赫定的文字中能看到，这条河两岸在一百年前就是当地居民的重要牧场，更重要的是还有老虎——如今已灭绝的新疆虎。

在于田休整一晚后，我们整装待发，计划沿着克里雅河一路向北，前往那处被称作"塔克拉玛干世外桃源"的地方——达里雅布依。

头一天夜里，通过卫星电话得知，从麦盖提出发的先遣队骑骆驼一路向东，沿着当年斯文·赫定穿越塔克拉玛干沙漠的线路，过麻扎塔格山、和田河、丹丹乌里克、喀拉墩，已经到达达里雅布依。这段近五百公里的沙漠，他们走了十多天，此刻也已是给养耗尽，疲惫不堪。

出市区，在克里雅河东岸稍事停顿，查看车况分配给养。天色有些阴沉，干燥的空气中有了些水分，对于百年前穿越塔克拉玛干沙漠的探险队来说，绝对是一个舒适的天气。小憩无事，刘建兵跑到河边的芦苇丛中揪了一根毛蜡，回身插在沙漠车的保险杠上。

"在车头上插这个有什么寓意吗？"

老苏凑上来好奇地问。

"没啥寓意，就是闲的没事。"

刘建兵平淡地回答，自娱自乐地捋了捋毛蜡上的叶子。对于一年中有大半年生活在沙漠里的司机来说，寂寞是相随最久的伙伴。斯文·赫定当年依靠驼队沿克里雅河前行，我们现在依靠沙漠车，同是一路向北，走在塔克拉玛干沙漠腹地，达里雅布依在前方二百公里外的沙漠深处。

小时候的地理课本上，说新疆是"三山夹两盆"的地理特征。从北往南，阿尔泰山山脉、天山山脉与昆仑山山脉之间，夹着准格尔盆地与塔里木盆地，塔里木盆地则基本被塔克拉玛干沙漠覆盖。新疆南部的十多条河流基本都是由南向北，从昆仑山流入塔克拉玛干沙漠中，克里雅河如此，叶尔羌河、车尔臣河、和田河、尼雅河也是如此。千百年前，这些河流大多汇入塔里木河，形成一个庞大的水系，这也是丝绸之路中线与南线主要的交通网络。如今，只有阿克苏河、叶尔羌河与和田河的河水能穿过沙漠汇入塔里木河，而克里雅河河水流到达里雅不依以北二三十公里处，就逐步隐没在塔克拉玛干的黄沙之中。

正午，阴云散去，我们时而沿河岸行驶，时而又翻过沙丘，抄近路前行。空气中充满燥热的分子。同车的几位都挤在一起昏睡过去，就剩刘建兵手握方向盘，紧盯着前方的胡杨树与沙坡，随时调整油门与方向。四条各四十多公分宽的大轮胎在疏松沙土沟间挠地前行。

道路两侧布满了树干粗糙斑驳的胡杨树。由于干烈的阳光与尘土的覆盖，胡杨泛黄的树叶显得有些发白。对于世代在岸边放牧生活的牧民来说，胡杨是

沿着克里雅河前行

他们的依靠。树干可以盖房，做独木舟；树枝可以生火、做饭；树叶则是牛羊的食物来源。这里的牧民还有一个习惯，将胡杨树顶端砍掉，这在当地叫"砍头树"，水量充沛的年份里，树会长出更多枝杈，这样就能得到更多树枝与树叶。

"看！黄羊！"

正当我也有些犯困时，突然看到左前方有一只黄羊站在胡杨下吃干树叶，发现动静后警惕的肌肉紧绷，稍事观察我们的位置，快速蹦跳着钻进胡杨林深处。

1895年2月，斯文·赫定的探险队来到这里时，他打算沿克里雅河向北，穿过北缘的沙漠到达塔里木河流域。虽然没能发现新疆虎的踪迹，但胡杨林间时常能看到黄羊、红鹿、狐狸、野兔，还有野猪。

达里雅布依过去叫通古孜巴斯特，意为"吊死野猪的地方"。这里与民丰县的牙通古孜乡距离不远，而"牙通古孜"的意思是——"野猪出没的地方"。这两个类似地名也说明，野猪等野生动物时常出没。在丝绸之路的年代，塔克拉玛干沙漠并没有像现在这般推进到昆仑山下，那时的绿洲更多，一个个绿洲相连，构成丝绸之路的交通脉络。

时近傍晚，路边出现一处废弃的土房，我们停车休息。这房屋是用泥土、红柳与胡杨树盖起，不像是牧民的房屋，对于牧民来说，这太大了。刘建兵说这是过去的乡中心小学，现在新校舍已经建好，这处陪伴师生多年的旧校舍随之废弃，但现在依然是牧民放牧、学生上学或回家路上可以休息的场所。

说话间，屋里出来几个孩子，还有一位二十来岁的姑娘。他们的家在附近胡杨林里，因为是星期天，孩子们回家过周末，第二天一早，他们会徒步穿过眼前的沙漠去学校。刘建兵回身从车里拿出一瓶"雪花膏"递给姑娘，在条件艰苦物资缺乏的地方，这可是稀罕物。每次出差到类似地区，他也习惯带一些小礼物送给当地的孩子。

为了拍摄这一地域胡杨林与芦苇等植被的生长状况，我们比预计时间晚了一个多小时接近达里雅布依。进村时，天色已经黑透，车停在学校门前，我们这两天就住在学校宿舍里。还在奇怪为什么没看到先遣队的队员时，蓬头垢面、胡须肆意滋长的孙剑锋高喊着冲了过来，脸上堆满了喜悦、激动、疲惫与释然——

"我盼星星盼月亮，你们可到了！带什么好吃的了？有酒吗？一路就是馕和罐装八宝粥，真的受不了了……"

孙剑锋是先遣队的摄像师，几个人骑着骆驼，在半个月时间里过麻扎塔格山、和田河，经丹丹乌里克、喀拉墩，最后来到达里雅布依。一路风餐露宿，还多次过大沙梁时在驼背上跌落，现在自然已是精疲力竭。

自打头一晚用卫星电话联系到我们，确定摄制组第二天下午就能来到达里雅布依汇合后，先遣队队员们自然是激动不已。下午日头渐西，孙剑锋就穿着被尘土与汗水浸泡透的，透着层层汗渍的军大衣，抱着摄像机爬上村子南端的大沙丘，等待我们的到来。眼巴巴的，就那么呆呆地等了两个多小时，可地平线上依旧没有任何动静，没有沙漠车的咆哮声，没有沙漠车拖起的烟尘，也没有天渐黑后他希望出现的灯光。

孙剑锋说，他当时就像电影《甲方乙方》里那个到穷山沟体验什么是艰苦的城市老板，吃光了村里的鸡，天天趴在村口土梁上，眼巴巴地等待来接他的"大奔"。孙剑锋也在等"大奔"，我们的奔驰尤尼莫克，但他比那个老板惨，天黑都没等到"大奔"，只好灰溜溜地回到村里，在村头的大妈家吃抓饭。

还好，村里有抓饭吃。

> > > 世外之地——达里雅布依

　　随着一声声鸡鸣，掺杂着熟悉又学不来的驴叫，新的一天开始。村里的人家燃起炊烟，炊烟与晨雾混合，低低的在村子间飘过。没有风，烟雾罩在村子上空，久久未散。

　　沙漠深处温差很大，正午燥热难耐，清晨却冷得让人浑身僵硬。我和沈沣出门晨遛，走一走，活动一下腿脚。此刻，阳光从东部偏南的沙丘上露了出来，还不算刺眼，但已能带来一丝暖意。爬上沙丘，面对阳光，轻闭双眼，让浑身上下尽快接受能量，就像晨雾中趴在沙地上的蜥蜴，需要让血液流动起来。脚下不远处，一只小甲虫在沙梁上撅着屁股静静地等待，等待清晨的露水在它的甲壳上凝结成水珠，然后慢慢地沿身体向下滑落，滑落到它的嘴里。

　　在一处简陋的房屋外，我们停下脚步，一个扎着头巾的小姑娘冲着屋门口说着什么。当我们疑惑她在和谁说话时，注意到有个小男孩趴在门帘后的地面上，警惕地看着我们。小姑娘是姐姐，见弟弟如此紧张，干脆跑过去抱起弟弟凑在我的镜头前。这里的孩子爱拍照，哪怕只是在数码相机的屏幕上能看到自己的影像，就已经很开心了。小姑娘邀请我们进屋，这是个简陋的家，围墙是由红柳枝、泥土以及纸壳砌成的，屋里不过五六平方米大小，堆起的沙土上铺了两块羊毛毡，就是炕。屋当间有一堆篝火，奶奶往上添了几段梭梭枝，对着火炭下方吹

吹气，让火能旺一些，让孩子们能暖一些。

身体逐渐回暖，此时看到有三个孩子随着阳光走来，是附近村里的孩子，今天是周一，他们要一早赶到学校。告别这一家人，我们随上学的孩子回到学校。

1988年，有家杂志报道了塔克拉玛干沙漠中心的这个村子。第二年，达里雅布依成为于田县的一个行政乡——于田县最深入塔克拉玛干沙漠的乡。全乡有200多户人家，1300多位牧民分散居住在克里雅河下游110多万亩的胡杨和红柳丛中。而在被称为"大河沿"的乡中心地带，只居住着数十户人家。

有的研究者说，这里的居民是从南方来的牧民，有的说是当年躲避战争的流民，还有的甚至说他们是古格王国的后裔。在我看来，他们应该就是逐草而居的牧民，从于田绿洲随克里雅河来到这里。一百年前，这里还是丝路古道（从若羌到和田）的捷径地标，可随着时代变迁，逐渐被世人遗忘，他们也就一度成了"世外之人"。不管外人怎么看，这里的居民都不在乎，你说你的道理，我过我的日子，对于外来者，总报以真诚的微笑。

随着阵阵清脆又略带沧桑的钢铁撞击声，我们回到学校，一个男孩儿正敲击生锈的卡车轮毂，发出上学的钟声。校园里，五六个男孩子用攒在一起的红柳枝清扫操场上的落叶。有个比较强壮、霸气的男孩儿提着一柄扫帚从中间走过，像是在巡视。扫帚在这里是稀缺物资，也是能力与地位的象征。达里雅布依小学始建于1989年，在一家房地产公司的资助下扩建，是乡里建筑质量最好的地方。家近的孩子每天早上走着来上学，家远的就住在学校，老师基本上都来自县城，一个月最多能回一次家，时间长的一个学期才能回一次。有位年轻老师刚被分配到这里，在校园长椅上无聊地弹着吉他，他要在这里度过六年时光才能调回县里的学校工作。

除了打扫卫生的孩子以外，其他学生在厨房里排队吃早餐。简陋的厨房只是在墙角有一个泥糊的灶台，大锅里煮着一锅揪片汤，没油的汤中间飘着少许白菜叶，老师为排队的孩子们盛饭，一人一碗。约莫一刻钟后，打扫操场的孩子也回来吃饭，可是当最后一个去帮"大哥"放扫帚的男孩儿来到厨房时，锅已见底，什么都没剩下，男孩儿委屈地蹲在门口，哭了。见状，老师转身回宿舍，拿出一块馕，掰了一半递给男孩儿，并轻声安慰了几句。

男孩儿没等吃完馕饼，就有同学来喊，起身跑去操场。周一的早晨，有升国旗、唱国歌的仪式。在金黄色的胡杨林间，那个负责敲钟的学生做旗手，拽动粗麻绳将国旗缓缓升起。其他孩子整齐列队，很认真地，齐声用维吾尔语唱着国歌，随着国旗到达旗杆顶端，天空也随着太阳的升高逐渐显现出灰白色。

仪式完毕，孩子们进教室上课，我们闲暇无事地溜达到村子里，去感受达里雅布依村民的生活。

村子里最现代的东西，是放置在村长家的一部电话，据说能和县政府的办公室通话，有紧急状况才会使用。还有一台柴油发电机，也只是晚上才会开机，使用时间很有限。村里还有两家小商店，主要是卖糖果和针头线脑等日用品。一家商店墙上挂着电影《断箭》的海报，店主是位大妈，见我举着相机，就伸手摆出海报上约翰·特拉沃尔塔举枪的姿势让我拍照。另一间商店门前摆着一张台球桌，几位年轻人围着球桌打球消遣。球桌的红色绒布早已在阳光与风沙的打磨下褪去了颜色，一个个台球除了褪色，也早已在过度撞击间变得斑驳不堪。

小商店旁停着一辆绿色"212"，似乎废弃已久。由于交通不便利，在村里看一家人是否富裕就是看有没有车。最富裕的家庭有越野车，二手"切诺基"或是"草上飞"，其次就是摩托车，从"嘉陵125"到"幸福250"。"草上飞"是当地人对一种老款丰田车的称谓，"幸福250"价格便宜很有劲，但故障率高，已渐渐被"嘉陵""本田"取代。村口有时会有大卡车作为长途车来营运，时间没准儿，从村里到县城的单程票价50元，没有座位，得背着行李带着干粮爬进大卡车的车斗里。如果卡车发生故障，困在沙漠里好几天也属正常。就是这样也比过去好很多，在不通车的时候，村民们只能赶毛驴进城，那样的话，单程十来天是正常速度。

"去阿依古丽的店里看看吗？"

已是达里雅布依常客的刘建兵问。

阿依古丽是村里的裁缝，随做生意的丈夫从县城来此。阿依古丽开了一间裁缝店，布料由跑运输的丈夫从县城带来，这也是村里唯一的裁缝店。裁缝店在村子北端，我们到时，阿依古丽正用一根黄色米尺挑开淡蓝色的窗帘，阳光经过对面的沙丘折射进屋。阿依古丽眯了一下眼睛，回身坐在缝纫机旁，开始干手中的针线活。

"古丽，在这里生活不觉得艰苦吗？"

同行的摄制组编导问到。

"不苦，我觉得挺好的。"

阿依古丽忽闪着长睫毛，睁着大眼睛，面带微笑地回答。

"这里缺水，离城市又远，你不想回家吗？"

"回家？这里就是我的家呀……"

对于很多外来者，城市似乎是中心，是人们都向往的地方，可是对于那些并没有太多物欲的人来说，能惬意地生活不就挺好。面对外来者，阿依古丽和其他村民一样，有一份好奇，也保持一定距离，但一切都是很有礼貌地进行着。

告别阿依古丽，已经时近正午，我们回村里唯一的饭馆。头一天晚上，孙剑锋就是在那里吃抓饭，错过在沙丘上远望我们抵达的时刻。这会儿，大家肚子也相继咕咕直叫。

路过村子里的水渠，流水是从克里雅河引过来的，还挺急，有些漫过渠边，流进旁边的沙土里。刚好有牧人赶着一群羊路过，绵羊们呼啦啦地跑进水渠饮水，有的随之在水渠中留下一串串羊粪蛋。羊群刚走，有位老爷子提着水桶走过来，先用水桶撇一撇水中的枯枝，然后舀起一桶水带回家。

在孙剑锋的带领下，我们随老爷子一同前行，当纳闷怎么还是同路的时候，转眼到了饭馆，饭馆就是老爷子家的。老爷子把水桶放在灶台边，沉淀了少许，大妈用葫芦瓢舀起一瓢水，倒进锅里。

远离城市的地方就是这样，一切都是自然的。面对如此条件，我们也开玩笑说，这里的羊吃的是麻黄草等药材，拉的羊粪蛋实际就是六味地黄丸。

村子里最缺的是蔬菜，饭馆能有些洋芋（土豆）、皮牙子（洋葱）就不错了，一般只能提供抓饭和拉条子，主人做什么你吃什么，类似于城里的私家菜，不能点单的那种。因为水里混杂着沙子，饭里自然也少不了沙子，吃着吃着咯一下牙也别奇怪，没从饭里扒拉出大号"六味地黄丸"就不错，有水就好。

水，是这里人们存在的前提与希望。哪里有水，哪里就有绿洲，哪里就是牧人的家园。

>>> 烤全羊与篝火

达里雅布依

　　正午，空气迅速升高，哪怕已是深秋时节，塔克拉玛干沙漠腹地依旧燥热难耐。好在新疆的气候特点是有块阴凉就凉快，适宜在屋内或树下发呆，忌闲逛。烈日透过胡杨树已经开始飘落的树叶间，甩在脸上，有些晃眼，稍微往旁边挪挪，继续发呆小憩。

　　达里雅布依就是这样，此刻与这里的村民相伴，平静、惬意地活着，与世无争。

　　这里曾经用过的名字——"通古孜巴斯特"在中国几乎无人知晓，在目前使用的中国地图上也无法寻觅，但因为斯文·赫定的造访，它在国际地理、历史、考古界的知名度并不亚于楼兰古城。百年前，不知道斯文·赫定是否也有闲暇的时间靠在树下小憩，没准就是这棵胡杨树。

　　迷迷糊糊发呆时，看到乡长带着两个村民，用一根钢钎穿着已经宰杀处理好的羊走过，今晚有烤全羊吃！

　　随着乡长一路溜达到村中央的大号烤馕坑边，早就得到消息的孙剑锋已经在馕坑边等着了。他倒不是要急着吃烤全羊，而是打算拍下烤全羊的过程，出炉还要两小时以后，想急着吃也没辙。

　　馕坑是用土坯砌成的，底下是直径一米大小的圆形，往上逐渐收小，坑口直径半米左右。坑里坑外都抹了一层泥，内侧的泥在没有干的时候被夯实，这样就在烧火、贴馕的反复使用下保持坚固耐用。烤馕时，坑外和面做饼，坑内中心烧火加温，待到馕坑内达到适宜的温度，用盐水均匀洒向炉壁，再将馕饼挨个整齐贴在上面，随后盖上坑盖。靠向炉火的一侧烤熟后，再用铁钩钩下半熟的馕饼，翻转支在炉膛内，略加补火即可。

烤全羊因为个头太大，需要的烤炉也比一般家庭的大，村里只有两个达标的烤全羊馕坑炉。在处理绵羊的时候，馕坑里烧火加温已经准备完毕，乡长往羊肉表面撒了些盐水，然后指挥着村民，小心将羊垂直放入馕坑，看看没有碰到旁边的炭火，也就放心地盖上盖子。随后每过一刻钟左右会调整一下方向，让羊肉烘烤得均匀，其间还要提出来一两次，刷些油保证表面别烤煳，同时再撒些孜然和辣椒面，提味儿。

第二次开盖儿时，烤全羊的香味儿已经无法按捺地扑了出来。探头张望，羊肉表层已经开始焦黄，吱吱地冒着油，说不清当时流没流口水，准确地说是不确定流没流下来。

乡长见状，忙说：不急、不急，怎么也得再烤一小时，并给我们说，不远处水渠边的那几个村民也在处理羊肉，用别处很少使用的方式烤。一听说少见，我们自然想看看有什么特别之处，千辛万苦地来到这里，多看看未知的事情绝对值得。

乡长说，这种独特的烤羊方式叫"克仁卡瓦甫"，也是在塔克拉玛干沙漠深处，至今仍然流传的一种原始的食物加工方式。除了达里雅布依，尼雅和安迪尔的当地人也还使用这种方式加工羊肉。

水渠边，几位村民在一张半宽不窄类似罗汉床的长凳上忙活着，长凳上铺着一张羊毛毡，毛毡上有一条混满沙土的红白格长条布，一位村民在把布上摆放的羊肉块挨个塞进清理过的羊肚里。水渠另一边的沙地上，还有一位村民在挖了半尺深的沙坑里烧火。当下我就明白，他们这是要先把沙土烧烫，然后把装满羊肉的羊肚放在其中，盖上沙土去连烤带焖的弄熟。

好歹自己也是新疆长大的，小时候经常有小伙伴带着洋芋做沙土火炉来

烤。先是挖一个带通风口的地坑，然后用沙块摆出下大上小的炉身，在炉里点火烧树枝，烧上半小时，炉身沙块的内层白里透红后，逐步扒出炭火，放进洋芋，再快速拍倒炉身，把炉身的沙块尽可能均匀拍碎，随后在上面盖上沙土，直到热气不会外溢为止。最重要的一点，必须要留一位小伙伴在炉边看守，你不知道是不是在忙活的时候附近有人偷偷观察，没准一不留神，洋芋被别的家伙偷偷挖走。这种事在不同"帮派"的小伙伴间经常发生，并以得手为荣。

果然，这种烤羊的方式与烤土豆类似。半小时后，村民扒开炭火，把装满羊肉块并扎紧两头的羊肚放在其中，随后快速堆上沙土，直到没有热气如喷泉般的外溢，再盖上一层锯末，放上一小段点燃的胡杨树干，完成。对了，旁边还留着一位村民，我也就纳闷了，这不会是守着怕人来偷挖吧！偷烤洋芋纯粹是儿时的玩乐，这成年人烤羊肚肉难道也是如此？

留守的村民汉语并不流利，大致能明白的是说这也是一种延续很久的习惯，不只是担心有外人来，同样也会担心羊肉的味道会引来野兽。这里过去的名字是"通古孜巴斯特"——吊死野猪的地方，野兽自然也不少，估计也是长久以来的一种习俗吧。至于放一节燃烧着的胡杨树干，那是计时用的，基本在烧完的时间，羊肉也就熟了。

达里雅布依的牧人都是逐水草而居，特别是过去，也没有太多的家具炊具可携带。利用沙子、胡杨等现有物资来加工食材，也就有了"克仁卡瓦甫"这一沙漠美食。而新疆的美食中，有烤肉、烤鱼、烤馕、烤包子、烤鸡蛋等，各种烤物荟萃，加工便捷恐怕也是主要原因。

看着花样百出的烤羊方式，太阳已不知不觉接近西侧沙丘，天色渐暗，气温渐凉。村里的人们也陆续走出家门，聚集在村外的沙丘边缘。一堆胡杨枯树干已经堆起，今晚注定会是个热闹的夜晚。闷烤两小时后，沙土里的"克仁卡瓦甫"也被挖了出来，放回到先前那张长凳上。忙活半天的几位村民手中端着碗，负责看守的村民小心翼翼地在表面已经干巴的羊肚一头打开个小口子，将里面的汤汁一点点倒进大家的碗里。其中一位村民微笑着把他的碗递给了我。实话说，看着那泛红的汤汁，我并没有想喝的意愿，但面对那热情的笑脸，还是接过碗，尝了一口。味道并没有很特别，也许是自己并没有认真品尝吧，但至少没有膻味儿，似乎还挺鲜的。"

此刻，远处的篝火已经点燃，不像麦盖提的村民拥有多样的乐器、豪华的曲风，这里只有手鼓击打出的清脆节奏。大家随着手鼓的节奏围着篝火起舞，欢快依旧。负责烤羊的村民抬着、端着忙活了一下午的成果来到篝火边，把烤全羊与"克仁卡瓦甫"摆在村里的几位长者面前，将最好的羊肉切下几块呈给长者们。随后，开始用刀和小斧认真分割烤全羊，直到大小适宜。我们这些客人是随后分到羊肉的，然后是村民。大家都伸头期待着，期待自己分到的那块肉多汁美好下口，快速下口后还能再落到一块，继续大快朵颐。

天光越来越暗，逐渐成为暗蓝色，接近地平线的位置，沙漠的浮尘与沙粒与克里雅河带来的一点点湿气混合，漂浮在半空中。有几位孩子穿过尘雾赶来，在这远离城市文明，物资非常匮乏的地方，羊肉并不是随时能有的吃，只有婚礼与节庆时会宰羊庆贺，我们的出现，也让这个平静的世外小村热闹起来。

咚—吧啦，咚——吧!

咚—吧啦，咚——吧!

吃罢烤全羊，孩子们随着手鼓的节奏尽情跳舞，大人们也逐渐加入其中。火焰噼噼啪啪跳跃着，让大家的脸上铺满暖色。

中午的气温三十多度，此刻却接近冰点。沙漠里就这样，温差的变化会让没经验的城里人不知所措。此刻我也有些冷，因为还有些饿，其实也就吃了两块羊肉，烤炉和羊肚的各拿了一块尝尝。那么多人的大聚会，每人能分一块已是不错。也许自己生来就算不上个吃货，对美食的制作过程更感兴趣，而不是美食本身。凑近篝火，逐渐有了些暖意，但并没有融入舞蹈的人群，看着就挺好。

"小白，你是新疆长大的，回到这里，你会更多地把镜头对向什么样的美景? 或者说什么样的画面更吸引你?"

篝火边，老苏问我。

"是这里的人。没有了人，美景逐渐会变得枯燥，而这里的一切，正是因为有了这些坚强、与世无争的人们而显得美丽……"

> > > 安迪尔变迁

安迪尔

离开达里雅布依时，十多位村民在村口等我们。可不是送行，而是打算搭我们的车去于田县。平日里村民很少进城，除了极个别家里有越野车的，多数人需要搭一辆私人的大卡车走完这段沙漠路。每个人50元车费，顺利了要两天能到县城，但保不齐卡车会坏在沙漠里。同样是坐后车厢，尤尼莫克的后车厢可舒服了太多，一路没怎么停车，下午就赶到了于田县城。

在路口，与村民们挥手告别，我们前往下一站——民丰县安迪尔农场，那里的目的地是安迪尔古城。这座古城孤独的半躺在距离农场二十多公里远的沙漠之中。从达里雅布依到安迪尔农场，从克里雅河到安迪尔河，我们沿着水源而动，曾经连接中原与西域的丝绸之路，本就是沿着水源而行。

"安迪尔"一词是突厥语，意为"横向展开的平地"。安迪尔古城遗址位于安迪尔河下游东南方，距离安迪尔牧场东南二十多公里的沙漠腹地。遗址由始建于汉代的佛塔和寺院组成，于公元11世纪逐渐被废弃，消逝在历史长河之中。由于名气不如楼兰、米兰、尼雅等地，至今受关注程度也并不很高，但在丝绸之路上，安迪尔绝对是值得挖掘历史、寻觅往昔的地方。

1900年1月，斯文·赫定的探险队在穿越沙漠时发现了安迪尔古城，这里最显著的标志是那座三十五英尺的佛塔。一个月后，向导奥迪克又偶然发现了楼兰古城的位置，这让当时已经濒临断水无法前往的斯文·赫定下定决心，重回罗布泊。随后，英国探险家斯坦因此闻讯而来，在安迪尔遗址挖掘出大量汉文、吐蕃文、怯卢文文书及一批精美文物。现在考证的结果是自唐代中后期，随着安迪尔河流量减小，安迪尔古城逐渐被废弃。

一大早，我们从安迪尔农场出发前往古城遗址。遗址在大漠之中，找遗址必须先找到遗址护理员司马义老人。老人的家就在农场那条唯一的道路边，道路两侧是足有三十多年树龄的白杨，枯黄的树叶纷纷落下，把尘土小道变成金色。一辆瓜贩的卡车停在路中间装载着伽师瓜，准备运出农场，再经315国道拉去内地。车前，两位姑娘踩着落叶走过，看到我们端着相机，立刻挺直腰板几乎是迈着正步走来，显得不那么自然、不够放松。

"哥们儿，你是不想拍姑娘还是怎么了，看你端相机按一张，意思一下就得吗？"

其实，我也觉得俩姑娘走在这白杨树间挺有意思，但我的那台数码单反里只有一张标配64M的存储卡——没错，是64M，不是64G。那年份，数码单反还是稀缺货，随便一张256M的存储卡就得卖八百多。除了这台数码单反外，我还带了一台胶片相机，以及二十多个胶卷，彩色负片和反转片。

见状，安东豪爽的从包里抽出一张320M相机用小硬盘——"拿去，64M的能拍几张呀，成天往电脑里捯饬还不嫌麻烦，我们还要去楼兰呢！"

"对了，这东西可不是送你的啊，借用。"

转过头，安东不忘交代一句。

接上护理员司马义和他的儿子，我们乘尤尼莫克出发去寻找安迪尔遗址。司马义年近六旬，但看着得有七八十岁，这份沧桑都是拜塔克拉玛干的风沙所赐。老人坐在副驾上，随着车晃晃悠悠的，看着窗外那些像朋友一般熟悉的红柳包，不时地指挥刘建兵打方向——"这边，这边。"

安迪尔遗址大约分布在五六十平方公里的范围内，主要由夏羊塔克、道孜勒克古城以及周围的佛塔、墓葬、窑址组成。遗址区遍布的碎陶片也展现着这里曾经的文明。

我们此行直奔遗址核心地带，这是座从魏晋时期开始兴盛的古城，主要遗址集中在佛塔周围两公里的范围。核心区除了保存较为完整的佛塔外，还有一处夯土与土坯混杂的房舍，沙土间整齐地排列着一根根胡杨木木桩，那是当时房屋的构架。在考古专家巫新华的指引下，还能辨认出远方城门的遗迹。

此处最显眼的遗迹是佛塔，塔身是方形基座与圆柱形塔身的组合。佛塔的形式与其周边的楼兰、米兰、尼雅以及库车的苏巴什佛塔极为相似，显示其中心标识地位的同时，也反映了那一时期佛教在丝绸之路上相当高的地位。

司马义说，三年前曾在对面的沙丘下方看到一尊残损的佛像，现在已近被沙土掩埋。而在百年前斯坦因来到安迪尔的时候，这里的佛像还相当普遍。

安迪尔东邻且末，西接尼雅，是古丝绸之路南道的必经之地。尼雅就是小说《鬼吹灯》里说的精绝国，《汉书》中最早记载了精绝国的存在，但此后的史籍对精绝国的记载都极少。一千多年来，人云亦云，现在多数人对精绝国的认识便是《鬼吹灯》中那神秘的西域遗迹。

安迪尔古城第一次衰亡之后，唐玄奘西行取经曾经过这里，并在《大唐西域记》中所记载为"货罗国"，近代考古挖掘出的文物，又将这里指向《汉书》中的"小宛国"。上世纪初，斯坦因在安迪尔遗址挖掘出大量汉文、吐蕃文、怯卢文文书及精美文物，大量存在的玻璃碎片更让他感到惊讶，因为这些碎片与罗马时期的玻璃非常相似。与楼兰不同，安迪尔到底是历史上那个古国，还是在不同时期有着不同的名字，这一切至今还有争议。但可以确定的是，它在汉唐时期的丝绸之路南道上意义非凡，只是对来源与发展变迁需要进一步研究。

安迪尔变迁

　　沈沣似乎对这片遗迹很是感兴趣，坐在一片沙丘上，若有所思的远望佛塔。然后又随着司马义穿行在那些深深浅浅埋在沙土里的木桩间。走出一公里多远，又学着《大话西游》里至尊宝的样子踱步回来。

　　流连于这片遗迹间，时间似乎过得很快，不知不觉佛塔上已经挂满夕阳的颜色，该走了。因为距离下一站若羌太远，当晚要回安迪尔农场住。为了让一天没吃饭的队员们提起精神，刘稷宣布，晚上到了农场，他请吃挂炉烤羊肉！大家哄闹着上车，恨不得立马穿越回到牧场。

　　因为只有二十多公里，回到农场天色还没完全黑，刘稷张罗着去找烤羊的店，我和沈沣则溜达到大路边的一处烤羊肉摊。天都快黑了，现在去弄挂炉烤羊不定得折腾到几点，能不能吃到嘴里也是两说，不如先顾当下，自己弄些吃的填饱肚子。

　　烤肉摊是按公斤卖肉，之后摊主负责加工，童叟无欺，也不会糊弄外乡人。我们要了一公斤羊排、半公斤羊肉，称好后切块穿串。摊主用一块纸板煽着炭火，炭火的光亮随着扇风的力度将他的脸庞映成红色。

>>> 飞来横祸

离开安迪尔，我们前往若羌，这是进楼兰前的一个重要休息地。在此之前，需要沿着315国道跑到且末过夜。从安迪尔到若羌不过数百公里，且末在其中间，但本世纪初的315国道由砂石铺就，一路只能颠簸前行。

逐渐的，三辆尤尼莫克组成的车队拉开了距离，三辆车之间也没有对讲机，只能相互根据扬起的烟尘判断位置。右侧远方是昆仑山北坡，左侧则是茫茫戈壁与盐碱滩。塔里木盆地南缘靠着喀喇昆仑山，这处从帕米尔高原延伸而至的山脉阻挡了印度洋的暖湿气流来到新疆，从而也造成新疆南部干燥至极的气候特征。于是，人们珍惜每一条河流，深爱着那些河流两侧的绿洲，从喀什、和田到于阗、且末、若羌，从尼雅、安迪尔到米兰、楼兰，河流见证着一处处文明的兴衰。

干烈且没有一丝色彩的白日之光硬生生砸在这片没有生机的星球表面，将仅有的一点点水分从地表那贫瘠的沙土间挤压出去，飘乎乎地呈现在远方的地平线上，形成一片海市蜃楼，让干渴难耐的人误以为远方有一片海。

西部的海市蜃楼就是如此，里面没有海，更不会从中飘出骑着马的西域女子，这就是现实。记得小时候看过一部电影叫《海市蜃楼》，说是一支商队被困瀚海，结果遇见海市蜃楼，中间飘乎乎出现一骑着马的盛装西域女子，于是男主开始对她的追寻……也许勉强将这种没头没脑的情节称之为"艺术创作"，若还真有人对其信以为真，那他的智商也是让人跪了。

没有色彩的阳光、没有色彩的世界，正当一车人感觉一天的时光只能在刘建兵的段子中度过时，砂石路远端的海市蜃楼间虚忽忽出现了一个红色身影。略微近了些，可以看清不是骑着马的红衣女子，而是一辆载满砂石，哼哧哼哧向前冲的"红岩"重卡，车身的红漆早已在砂石的摩擦与阳光的灼烤下斑驳不堪。

"红岩"走的不快，但也绝不慢，刘建兵尝试了两次，但道路很窄不易超车，如果下路基走速度又不够快，也没法超车。此刻可以确定，李勇开着头车已经完成超越，如果这样耗下去，等会儿压阵的杜胜利也会追上来，那样的话，"开车最快且最有层次"的刘师傅脸还往哪搁！

超！

刘建兵双手一拍方向盘，给足马力从左侧超车。"红岩"并没有减速避让，照旧按自己的速度和路线往前开，卷起的砂石和尘土让前方能见度几乎为零。就在接近"红岩"左后方的那一刻，"嘭"的一声闷响，我们的前风挡玻璃被"红岩"卷起的石子击中，顿时蛛网密布——碎了！

"红岩"继续带着一溜烟尘远去，留下我们面对这个让人不知所措的局面。此刻，日头渐西，身后的天空有了些色彩，悲壮的色彩。我们就那么呆呆地停在路边，像是刚经历了一场战争——输了。

面对如此窘境，也只能选择面对，刘建兵在车厢里抬起套着胶靴的脚，踹向已经摇摇欲坠的风挡玻璃。还有百十公里砂石路，这风挡玻璃已经无法坚持，看不清外面的世界，哪怕走上十多米都颠得直掉渣，只能先清理干净。踹下较为大块的碎玻璃后，刘建兵还得认真清理前风挡边框的沟沟角角，必须做到没有遗漏，否则碎玻璃渣在行驶过程中对车里的人始终是安全隐患。

即将清理完成时，身后一溜烟尘逐渐靠近，杜胜利驾车赶到。正当我们几个站在路边准备向他们描述悲催遭遇以博得同情时，车没停，车里的人冲我们挥挥手，径直继续向前！真让人纳闷了，他们是和我们开玩笑？还是以为我们

只是停车在路边发呆放水？总之，他们继续向前，走了！

面对这窘上加窘的状况，我们也只好上车，臊眉耷眼地跟在后面慢慢开。此时的尤尼莫克没了前风挡，就像个张着大嘴的小怪物，吃土，把前车扬起的尘土都装进车厢里，由我们慢慢笑纳。

走了约莫两公里，看到老杜的车停在了路边，我心说，这是开玩笑非跑出一段让我们追吗？也不对，这要换着后车是刘建兵的话倒有可能，老杜不是这性格呀，再说了，他也不知道我们的风挡玻璃碎了呀。琢磨着，逐渐靠近了前车，突然，刘建兵狂笑起来：

"老杜压根不是在等我们，他也挂了，正在后斗里往下卸备胎呢！活该！让你不等我！"

的确，杜胜利也挂了，爆胎。就在这短短两公里距离内，先是我们的前风挡碎了，然后是老杜，车胎被碎石刮破，爆胎了。

就在接近老杜的尤尼莫克时，刘建兵从空着玻璃的车窗伸出头来问老杜，需要帮忙吗？这状况也吓老杜一跳，才明白过来我们停在路边的原因，他原本以为我们只是停在路边放水。

刘建兵跳下车，爬上杜胜利的车斗里帮着一起卸轮胎，这大号轮胎一个人换的确很费劲，我们这些人也帮不上什么忙，只能傻呵呵地在一边看，或是继续清理车窗上的碎玻璃。此刻，李勇也掉头回来，他在超"红岩"时风挡玻璃也被石子崩到，有两个碎裂点，好在石子不大，没我们这般严重。走着走着看后面没跟上，他就放慢车速，待"红岩"超过他后，发现身后远方的地平线没有了烟尘，琢磨我们是不是遇到了问题，没准前风挡被打碎了，于是掉头回来查看。风挡碎了是李勇不意外的，但老杜的车胎爆了就完全没想到，或者说没想到这么短的时间、距离内，两辆车都挂了。

三位司机一边换胎，一边琢磨剩下的百十公里怎么办，一切都得到且末才能解决，困难大家一起面对。

换胎完毕，解决方案也确定下来，刘建兵车上所有的成员，除了要开车的他以外，分别上李勇和老杜的车，挤一挤，车内空间还是有的。前两辆车尽快赶到且末，然后回来接应。因为没有风挡跑不快，而且就算能跑快，扑面而来的尘土也让刘建兵没法应付。

当大家准备按队长李勇的分配上车时，我和沈沣决定不下车，继续和刘建兵一起，不能扔下他自己一人面对这困境，有难一起扛。

李勇和老杜驾车远去，当道路上的烟尘逐渐飘散，刘建兵发动尤尼莫克，出发，以四十公里的时速继续向前。我和沈沣按刘建兵的要求坐在后排，这样当有满载大货车迎面开来时，压迫感能轻一些。此刻，天色渐晚，气温迅速下降，车厢里的温度与外面的戈壁荒漠同步，不过三个人还是情绪高涨，刘建兵继续着他的段子大会。迎面开来一辆大货车，刘建兵也随之减速，以保证安全。就这样，依旧有石子从正前方甩进车厢，怪吓人的。大货车驶过，话多的刘建兵满嘴是土，顺手摇下左侧车窗吐了一口唾沫，转念又说，下次不这么费事，反正车速不快，从前面就能吐出去。

颠腾了两个多小时，天色渐黑，远远地已经能看见且末县城的灯光，希望的灯光。这县城虽然不大，但道路修缮得挺好，也很整齐。且末产玉，虽不及和田玉有名，但好歹是玉石，也给这边陲小镇带来更多税收，得以让城市更整洁。

因为不知道宾馆的位置，我们停在刚进城的路边等老杜。车前，有两位年轻姑娘路过，闲不住的刘建兵往前探探身子，做着擦玻璃的动作。待姑娘们走过，刘建兵说，不能让人家看出这车没有玻璃，那多没面子，他可是个有层次的司机。没多一会儿，老杜来了，接我和沈沣先去饭馆，其他人都在那里吃晚饭，刘建兵得先去找个汽修店，看看玻璃问题如何解决，此刻已是夜里十点。

在小饭馆里刚坐稳，老苏拎了一盒生日蛋糕进来，这天是11月9日，杜胜利的生日。老杜很感慨，他说这是他在沙漠中跑车过的第一个生日，也是第一次吃自己的生日蛋糕。这一天，有诸多不顺和困难，但在这一天的最后，有了一个温馨的结束，挺好。

时间到了第二天凌晨，我和沈沣没睡觉，在房间里整理头一天的稿件与照片，听到有敲门声，是刘建兵。他给爱车刚换了风挡回来，这小县城不可能有原装的尤尼莫克风挡，只好按尺寸划了一块五毫米厚玻璃装上，虽然这玻璃不可能像原装钢化玻璃那般结实，但总得要有块风挡玻璃。我们的行程还有一半，还没有走进罗布泊，没有抵达魂牵梦绕的楼兰，一切都要继续坚持。

聊了一会儿，刘建兵起身回自己的房间，临走还给我和沈沣一人倒了一杯茶，说很感慨一天来的遭遇，没想到我俩这么够爷们儿，在那种状况下都不换车，还陪着他一起遭罪。

一人一杯茶，以表敬意。

>>> 楼兰姑娘茹仙古丽

清晨，再次坐上刘建兵的尤尼莫克，抬头看窗外，觉得有些别扭——我是昨晚没睡好吗？怎么感觉眼花？

出发前往若羌，依旧觉得眼花。是玻璃的问题，头一晚刘建兵去汽修店装玻璃，没有原装的，只好划了块普通五毫米玻璃，边缘不平，所以看着眼花。这也就不错了，好在尤尼莫克的前风挡是平的，普通玻璃也能装上，没事别看正前方就行，只是苦了刘建兵，只能这么坚持。

从且末到若羌有315国道相连，三百多公里远。那年头315国道是砂石路面，因为前风挡是普通玻璃，万一被石子蹦碎，是很危险的事。于是这一天刘建兵跑得很慢，和李勇、杜胜利靠得也比较近，慢慢走，安全第一。

若羌县位于新疆东南部，隔阿尔金山与甘肃、青海交界，向南过昆仑山与西藏接壤。这里也被称为"中国第一县"，准确说是"中国第一大县"，面积大，全县所辖20.23万平方公里，面积是两个浙江省，四个江苏省，拉到国际范围则是五个荷兰。同时若羌又是一个人口稀少的县，全县只有8个乡镇，总人口不过3万人。就是这样一个特别的县，在历史上地位也是非常了得。这里是古丝绸之路南道的必经之地，各种文化与经济交流、传播的通道，一度也是文化、宗教最开放的地域之一。楼兰、米兰、海头、瓦石峡古城曾经是丝绸之路上的重镇，罗布泊滋养着这些古国的人民，以及往来于丝绸之路上商队。如今，这些逝去千年的古城是重点文物保护单位，被人为切断水源的罗布泊也已干涸，成了中国最著名的"无人区"。

若羌古称"婼羌"，这一名称道出若羌的来历。这里曾是西域的女若国，又是羌人的牧羊之地。名字改变是因为二十世纪五十年代末推广简化字造成的，目的是为让更多人好认字，但这也造成了一个无法回避的现实——汉字文化的缺失。

据《汉书·西域传》记载："出阳关（今甘肃玉门西南），自近者始，曰婼羌""西与且末接，西北至鄯善"。当时的婼羌只有50户，军队500人，不种田，随畜逐水草，依赖用畜牧品同鄯善、且末两国换谷物生活。汉武帝建元三年（公元前138），张骞奉命出使西域就曾路经若羌，汉昭帝元凤四年（公元前77年），西汉政府派兵在鄯善国伊循城屯田，汉族人开始移居若羌一带，而伊循城就是现在位于三十六团农场的米兰古城。随着"丝绸之路"贸易的发展，依托罗布泊水路的若羌成为交通要道，从中亚经商而来的粟特人、波斯人开始在若羌定居。到了唐代，佛教东传，印度僧侣也来此传教布道。1949年，若羌属库尔勒行署管辖，1959年，改"婼羌"为"若羌"。

从古至今，若羌都是交通要道，西域时期是，如今依旧是。现在，218国道和315国道在若羌县城交汇。315国道从青海西宁到新疆喀什，全长3000多公里，若羌刚好位于中间，218国道则是从若羌开始，一路向北到达库尔勒后转向西，终点在伊犁。

从且末到若羌的路总体还可以，虽然依旧无法逃避颠簸之苦，但不至于在车里甩的四处撞头，大家也得以踏实的补觉，反正不能看前风挡，头晕。实在想看窗外的苍凉风景，那就从侧窗看，有昆仑山相伴。

约莫走了一半路，有一条小河穿过道路潺潺向东，在荒漠戈壁上能有一条清澈的小河，自然会吸引大家停留小憩。我们将两个哈密瓜放在小河里，天然冰镇，然后大家用这清澈惬意的河水洗手和脸。文化人沈沣更是情怀大发："忍不住掬一口，甘甜到心里。"

黄昏前，正当有些犯迷糊的时候，前车停了下来。正当我琢磨是不是哪辆车又出状况时，前车副驾上的王旭东探出身子冲我喊，让我回头看窗外——是一片片金色的大沙梁，金色又偏些暖暖的橙色，连绵不断，远处是阿尔金山，山顶已是白色。此刻，心里突然有些悲凉，说不清为什么，是看到这壮观景色的小激动？是对一路的艰辛旅程发出感叹？我也说不清楚。

一路平安无事，顺利来到若羌入住若羌宾馆，这可是当地最好的宾馆，还有餐厅和歌舞厅。吃饭间，沈沣说起那条让他念念不忘的小河，当地接待的人一听就乐了，说那条小河就是《西游记》里说的子母河，而若羌就是女儿国，并打趣地问都谁喝了那河水，有必要去做个B超。玩笑归玩笑，据说在靠近子母河的几个乡里，女孩儿的出生率的确一直比男孩儿多不少，而且多是貌美婀娜。

聊罢子母河、女儿国，负责接待的当地领导说，吃过饭稍事休息，在宾馆歌厅有一个为我们专门安排的小晚会，还有当地姑娘的歌舞表演。听说有当地姑娘的歌舞表演，一群在沙漠戈壁里折腾半个多月的老爷们来了精神。在不大的县城里遛了遛弯儿，也没什么好逛的，大家早早回到宾馆，直奔歌舞厅而去。歌舞厅得有百十多平方米，中间的天花板上挂着一个由镜片拼成的DISCO镜面反光球，舞台前有一挺大的投影幕布，整体的软包风格，这都是那个时代歌舞厅的标配。

大家落座，灯光全息，一段新疆风格又加入了古典元素的音乐响起，高亢而又不失优美。射灯闪烁间，一位身着红衣的姑娘为我们献上一段特别的舞蹈。舞蹈大体还是维吾尔族的舞蹈，但总感觉哪里有些不同，仔细观察发现，这位姑娘从服装到舞蹈的动作都和传统的维吾尔族穿着、舞姿有所不同，多了份千年以前的历史韵味。

"胡旋女，出康居。弦歌一声双袖举，回雪飘飘转蓬舞。左旋右转不知疲，千匝万周无已时。"

大唐盛世，西域服饰、饮食、舞蹈、音乐以及乐器一起传入长安，其中以乐舞最为流行，并在中原地区带来很大的影响。著名诗人白居易的《新乐府·胡旋女》就对西域乐舞有着详细表述。

姑娘叫茹仙古丽，是若羌幼儿园的老师，也是土生土长的若羌人。茹仙古丽表演舞蹈时穿的服装本没有太特别，但帽子很独特，尖顶、较高，绝不是维吾尔族服饰中的小花帽特色，更像是西域古国时期的风格。

"古丽是花的意思，茹仙是什么呢?"

"茹仙是鲜艳的意思，我的名字翻译成汉语就是鲜艳的花……"

茹仙古丽很大方，在偏远的若羌，绝对属于时尚女孩儿，也喜欢和我们这些外来者交流，尽可能多了解自己所不知道的世界。她在前不久一次"楼兰姑娘"选美大赛上脱颖而出，当选若羌县的首位"楼兰姑娘"。据说选美参照的，是1980年考古工作者们在楼兰遗迹发现的那位3800年前女性干尸的容貌。但我觉得，"楼兰美女"的概念绝不是等同于那具欧罗巴女性的骸骨，那具骸骨甚至不属于我们现在认定的楼兰，因为楼兰国在丝绸之路上活跃的时期，那位女性已经入土埋葬了两千多年。四千年前，欧罗巴人的一支就在罗布泊地区生活，"楼兰美女"应该就是其中的一支部落的成员。与楼兰不远的小河墓地出土的干尸同样是欧罗巴人，其中有一位女性相比于"楼兰美女"，容貌、气质更加出众，埋葬三千多年，依旧楚楚动人，合着双目，就像刚刚睡去，被考古工作者们誉为"小河公主"。

"楼兰美女"是一个象征，楼兰国的女性久负盛名，两千年前，西域各国的贵族都以迎娶楼兰女子为荣。如今，楼兰的概念为地区文化、旅游业都有推动，"楼兰姑娘"的选美比赛规模、级别虽然都很低，但"楼兰"的概念绝对能带给人太多遐想。

夜色渐深，茹仙古丽告别大家起身回家，我们倒没马上散去，相对轻松的一天下来大家都不累，纷纷拿起麦克风，开始尽情宣泄。刘建兵爱讲段子，也爱唱歌，情绪高涨的他点了一首张楚的《姐姐》。

噢姐姐

我想回家

牵着我的手

我有些困了……

歌词记住的不多，但刘建兵唱歌时的表情和状态久久难忘。坐在沙发扶手上的他身体向前倾，闭着眼睛，唱到高潮时闭的更使劲儿，浑圆的肚子里酝酿着气息，随时等待迸发出来。我总多余的担心，担心他在唱歌时用力过猛，把裤子撑破。

午夜时分，大家都有些疲惫，队长刘稷宣布当晚活动告一段落，早点休息明天出发，沿G218国道向北，前往罗布泊，挺进楼兰。临了，刘队长又宣布了一个让他面前这群糙老爷们儿都很开心的消息，"楼兰姑娘"茹仙古丽也会与我们同行，一起前往楼兰。

>>>　英苏、老人、塔里木河

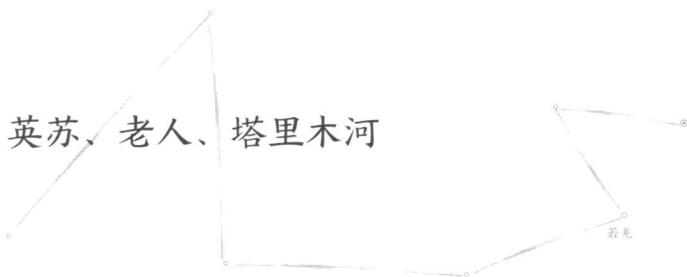

　　"老渔工艾力和他的几个徒弟各划着一条独木舟，在水里布鱼网。这独木舟是用一截粗大的胡杨树挖制成的，一头稍稍砍削成锐角状，以减少水的阻力，中间掏出一个长方形的空间，算是船舱，供坐人或放东西。艾力坐在船尾，船头微微上翘，用一只单桨，左一下，右一下。独木舟又快又灵活，像一片浮在水面上的小树叶。艾力划独木舟简直是随心所欲，我看得眼馋，也要求试着划独木舟，一试，才知道那玩意儿可不是那么容易好对付的。独木舟不仅没有舵，而且船底是圆的，我一站上去，独木舟左右晃动，弄得我前俯后仰，越晃越厉害，最后翻了船，我掉进水中。"

　　1899年秋，斯文·赫定带领探险队来到塔里木河，在那里，他享受着浩瀚的塔里木河带来的生机与欢乐。

　　2001年，也是秋天，我第一次来到塔里木河畔，只是如今的塔里木河没了百年前的波澜壮阔，好在头两年上游水库放水，这条中国最大的内陆河终于又有了一线生机。

　　离开若羌，沿218国道向北，我们要去二百公里外的兵团农二师三十四团场，那里位于尉犁县境内，是沿孔雀河深入罗布泊的主要通道。二百多公里的国道需要走两天，一是因为当时的道路很烂，大切敞开跑也就能达到时速三四十公里；二来当地政府终于注意到在塔里木河上断流建水库带来的负面问

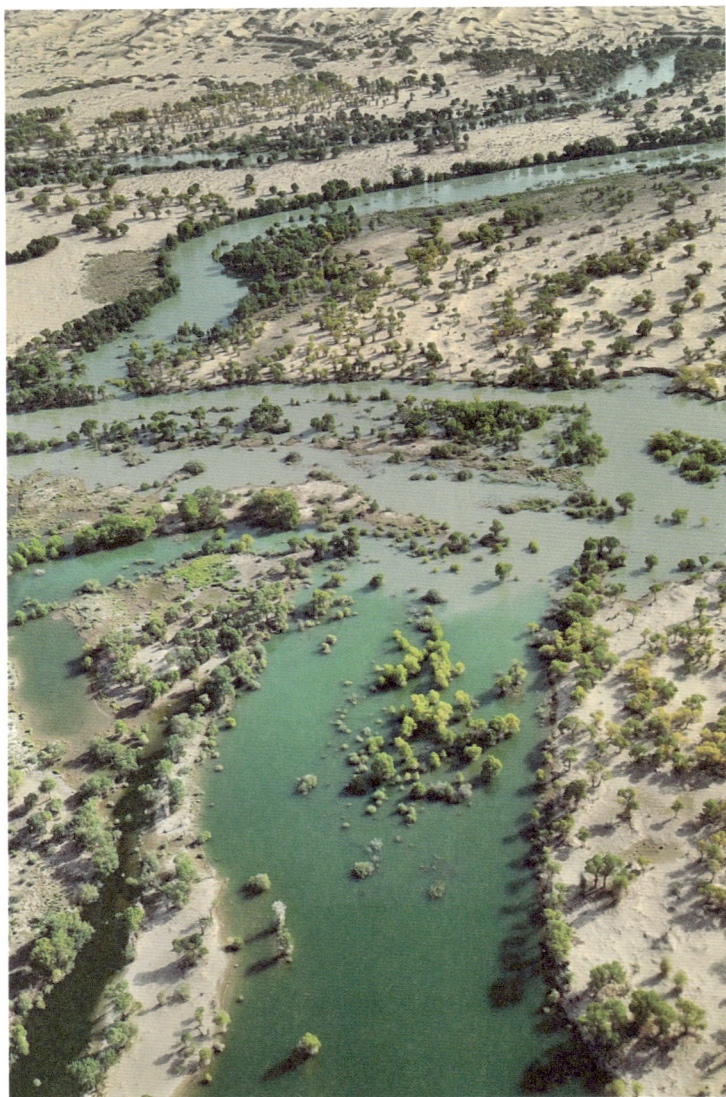

题，开始开闸放水，但这一带土质松软，加上太久没了水源，河道无法承载充沛水量的冲积，河水肆意流淌，道路也多处被冲毁。

跑到下午时分，才离开若羌走了不到一百公里，在孜干道班附近，冲出塔里木河河道的洪水将218国道切断，两边堵满了车，正在此处施工修新路的中铁一局修路工人们抢修便道，努力让道路能够畅通。眼见无事可干，我和刘建兵在路边举着"洪水路断、禁止通行"的牌子拍照，洪水，似乎与干旱的新疆格格不入。

很多人觉得新疆干旱少雨，不理解怎么可能有洪水，动不动还能把公路、铁路都冲断。其实原因很简单，新疆内陆的确干旱少雨，但"三山夹两盆"的结构特征使得山地多雨，雨水汇聚成河，向低洼盆地奔涌而下，沙土结构的下游土壤完全无法抵御这强大动能的冲击。

上大学时，有一次和同学、朋友前往库车克孜尔石窟，回程时得知南疆铁路和国道都被洪水冲断。在库车长途车站，有一辆19座的巴士打算向南绕进沙漠公路，再走轮台去库尔勒，于是三个人毫不犹豫地跳上车，占领了最后三个座位。傍晚时分，巴士沿崎岖的小道绕行终于抵达沙漠公路附近。从北部山地而来，冲断铁路、公路的洪水此时也已抵达小道边，好在还没有汇聚起来，否则我们仨就得在库车被困至少十天八天。现在想来，依旧为当初果断跳上那辆巴士赶到庆幸。做事就得这样，别总是犹犹豫豫，确定了就去干，赶车如此、旅行如此、生活也是如此。

傍晚时分，中铁一局义务抢修队打通了道路，但路基松软，抢着过河的一辆由库尔勒前往若羌的大巴陷在泥土中。见状，刘建兵自告奋勇做起救援工作，先让司机引导乘客下车，然后头对头靠近被困大巴，挂上拖车绳，刮倒挡、轰油门，双手一拍方向盘——走你！

大巴缓缓地被拖出泥潭，面对窗外司机和乘客的感谢，刘建兵转身说："都是应该的，我是个有层次的司机。"

因为堵车的缘故，我们当晚无法抵达三十四团，只能就近在英苏村休息。夜晚的英苏没什么光亮，因为村里没有通电，靠一台发电机提供没多点儿的光亮，而且只在晚上天黑后发两小时的电。路边有一家饭馆，几个村里的男人和孩子挤在饭馆里看录像。一个屏显已经发青的旧电视，放的录像带，是周星驰主演的《国产零零漆》。这里也没什么别的娱乐活动，但看的内容与内地城市接轨。

饭后，大家在一处土坯搭的小屋里过夜，屋里有一张床，大通铺，就是黄砖上垫着一张木板，还铺着一层羊毛毡。我们有睡袋不是问题，领队让同行而来的茹仙古丽去村民家住，好歹村民家里有铺盖，不能让姑娘家和我们一起挤。睡觉前，看着垫床板的黄砖我有些疑惑，这里的居民习惯打土坯盖房，烧砖需要砖窑，以及大量木材，村民自然不会有，这种黄砖不同于城里常见的红砖，一定是当地沙土烧制的，黄砖哪里来的，为什么烧砖？瞎琢磨一通，没弄明白就睡着了。

第二天一早，收拾睡袋起身。跨出屋门，发现眼前的英苏村不过只有几间土屋，分别是昨晚吃饭的小饭馆，还有一家修车铺。早就听说过英苏，这个依靠塔里木河的小村历史悠久，绝不可能就几间小土房呀，可村头的路边就竖着一块牌子，明确地写着三个字——英苏村，没错！牌子下有两位维吾尔族青年在等着搭车去若羌，其实也说不好是青年还是中年，罗布泊的风让这里的人显得相对更沧桑。两位是和田人，专程在塔里木河沿岸淘换古董、古钱币的，这里因为是丝绸之路沿线，老物件相对较多。他们在英苏没淘换到太多东西，有一小叠民国纸币，其中一张上还有相关什么人的手写签名，此外还有一枚银币，不确定这是否是仿制的，但能确定，质地是银无疑。经过讨价还价，我出资一百元，全要了。

此时，我们的向导走了过来，看我淘换了些钱币就说，他小时候在这里生活，那时古钱币还挺多，现在随着村民的离开，很少见到了。听向导说自己是这一带长大的，我们马上来了精神，向他了解英苏村的过去，如今为什么就这么几户人家。

见我们对他的家乡感兴趣，向导带着我们淌着厚厚的浮土走向塔里木河河岸边，浮土上飘着些落叶，踩在上面没有太多声响，全部陷在浮土之中。走了二里地，一片废弃的村落出现在眼前，这才是真正的英苏村，二十世纪六十年代被废弃的老英苏村。虽然早已在风沙之中败落不堪，有的房屋围墙坍塌损毁，不过村子整体的面貌还算清晰，但在烈日下感觉没了任何色彩。村子中间有一片胡杨树，都已干枯而死，由于根基间的沙土也没了任何水分，树干顶不住大风的摇曳，早已轰然倒地。都说胡杨三千年不死，死了后三千年不倒，倒了后三千年不朽……可是，只不过区区三十年，因为没有水，胡杨死了，也倒了。

"这是我过去的家，小时候吃塔里木河里的鱼长大。"

向导蹲在一处房屋的墙边，看着不远处的塔里木河，回忆着自己儿时的经历。三十年前，塔里木河因上游水库蓄水而逐渐断流，河水无法抵达英苏，村里的人陆续迁往上游的尉犁。好在这两年上游水库放水，有些迁走的村民又能回到老村子附近居住，他们不愿意离开祖辈生活的英苏村，在迁走二三十年后，又回来了。

说到搬走的村民，向导带我们去见村中的艾买提老人。塔里木河断流后，他带着家人坚守多年，最后一个离开村子，得到塔里木河再次有水的信息，也是他第一个举家回到老村附近，重启废弃的房屋，开始新的生活，或是说重启曾经的生活。

我们跟随向导沿塔里木河往深处行走，大约一公里后，来到一处三间联排的土坯房。离房屋不远处，有位老者坐在河岸边发呆，身边放着一条废弃的独木舟，他就是艾买提老人。数十米外的河中，老人的儿子划着独木舟前来，感觉就像一家人从未曾离开这条养育他们的母亲河。

见有独木舟，李勇和刘建兵征求主人同意后跳上去尝试着摆弄一番，两人虽然开尤尼莫克巨溜，但面对这小小的独木舟却控制不好。首先是平衡难以掌握，刘建兵屈腿小心站在独木舟上，李勇干脆坐着不起来，生怕这胡杨树干掏成的简易独木舟说翻就翻。两个人嬉闹着，折腾半天也没离开河岸两米远。这场景，好似穿越到百年前，经历过无数大场面的斯文·赫定鼓捣着独木舟，却怎么也控制不好，结果翻船落入河中。时光流逝，穿越百年，一切就在眼前，却又感觉那么遥远。

艾买提老人穿着件灰褐色的上衣，深蓝色的裤子，腰间系着一根麻绳作为腰带。双手与面庞布满粗裂的皱纹，让人瞬间能感受到时光的力量，岁月的沧

桑。院子外，两只大白鹅晃晃悠悠的在门前走过，院子里，说不清是女儿还是孙女的两位姑娘喂着骡子，旁边的木栅栏上挂着的几个铁皮水壶看着都同艾买提老人一般，布满沧桑。家里的三条独木舟有两条已经不能使用，一条在河边，一条在屋前，唯一能用的独木舟是儿子在搬家回来后做的，作为前往河对岸捡拾树枝、枯叶的交通工具。

艾买提老人据说已有95岁，当年塔里木河断流时正值壮年，上游修水库蓄水，下游他们这些依靠塔里木河生活的村民顿时没了盼头。村里人陆续搬走，可艾买提一直坚持不离开塔里木河。十多年，他带着家人不断打井，井越打越深，但水依旧越来越少，越来越苦涩。

"我小的时候这里野生动物很多，有兔子、黄羊、野猪。10岁那年随父亲打猎，还见到了一只老虎。"

"断流后我需要不停地在河岸附近打井，有一次打到20米深才找到水，可没多久也干了。"

艾买提老人对塔里木河的回忆是美好的，哪怕到了中年，塔里木河断流，三十年，没见到这条滋养他长大的河流里来一滴水，他依旧深爱着这里，期盼河水的到来。英苏的汉语意思是"新水"，对于如今的塔里木河也很贴切，一切都是新的开始。

"我早就习惯了在这里生活，我心想总有一天水会再来的，你看，我的愿望已经实现了。"

面对眼前波光粼粼的塔里木河，老人一脸释然。哪怕这里已没有了黄羊、没有了野猪、没有了老虎，甚至河水中没有了鱼，但这里依旧是塔里木河，滋养世代英苏人的母亲河。面向着老友般的河水，老人唱起一段歌，沙哑惆怅，但带有一份希望。我听不懂歌词，但那歌声让我想起一首歌，唱塔里木河的歌。

塔里木河呀啊故乡的河

多少回你从我的梦中流过

无论我在什么地方

都要向你倾诉心中的歌……

> > > 黄砖沙漠公路

若羌

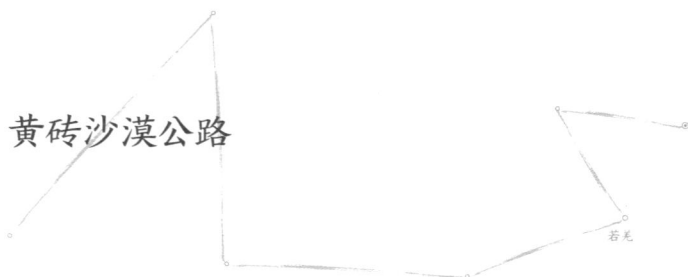

离开艾买提老人家，回到头一晚那热闹的小饭馆。由于这段路程不过数十公里，我们决定吃过午饭再动身前往三十四团。

饭馆门口，主人家的小男孩儿玩着压水井，这里能出一点水，但水量很小，女儿在一旁滚着两个废弃的三轮车辊辘玩儿。这里的孩子没什么别的娱乐活动，要靠自己尽可能的寻开心。见我们要吃过午饭再走，女主人带着儿子去塔里木河打水。女主人提着两个传统的铝制水壶，小口、长脖、大肚，这样拿着方便，水还不易洒出来，小男孩儿则尽显男人本色，提着两个三十升容积的油桶，一个铁桶、一个塑料桶，随母亲去打水。这里的水质很清澈，不会像在达里雅布依那样，打来的水混满泥沙，甚至还有羊群留下的"六味地黄丸"。

等吃饭的功夫，沈沣认识了村里的撒利汗大妈。大妈今年62岁，老伴儿出门放羊，因为刚有水不久，河边的草地还没有得到复苏，老伴儿放羊得走十几公里的路。大妈的房子就在饭馆后面，并热情地邀请我们去做客。

"今年5月我们听说塔里木河来水了，于是就赶快回来，草没有了，很多胡杨也已经干死，但只要有了水，这里的一切都能恢复，这需要时间。"

撒利汗大妈离家十五年才回到故土。刚回来时过去的房子已经被沙土掩埋，清理开也没法居住，只好重新盖房，老房子当仓库。新房门前有一个胡杨独木舟，这是她的老伴年轻时做的，那时塔里木河还能乘船捕鱼，大的鱼能有1米多长，估计环境和斯文·赫定百年前在塔里木河泛舟时一样。大妈说她的丈夫已有106岁高龄，如果那样，没准还见过斯文·赫定。只不过百年前，老人还没有井边压水的孩子大。

突然，发现在独木舟边有一样东西——黄砖！和昨晚注意到的垫床黄砖一样！赶忙问撒利汗大妈黄砖是哪来的，大妈说，就村外那条路边，路就是用黄砖铺的，很长，有一百来公里。

20世纪50年代末，全程1067公里，连通新疆伊宁至若羌的218国道开通，抵达若羌后与315国道相连，成为新疆南部通往青海省的交通要道。在巴音郭楞蒙古自治州地域，由于道路周边自然条件相对恶劣，土质疏松，公路极易毁坏。当时的中国道路建设技术落后，没有修筑沥青路面的技术和条件，于是有技术人员提出烧砖铺路的方案。1966年8月，新疆生产建设兵团工二师工程支队的2000多位筑路工人进驻218国道库尔勒以南245公里处，就地挖靠近河道的黏土，抽取河水搅拌打坯，用河边生长的胡杨做燃料烧砖修路。砖块长22厘米、宽12.5厘米、厚5.5厘米，施工人员将砖竖摆成人字形，再铺展开向前及两侧延伸，随之用沙土填充砖缝，增加强度整体牢固。据一位随我们同行的当地干部说，当时每铺一公里要用砖六十多万块。经过六年奋战，这条宽7米、全长102公里的砖路于1971年5月铺设完成。

"这条路是世界上第一条铺装沙漠公路，绝对可以申请吉尼斯世界纪录！"

陪同前来的当地干部为我们详细地介绍当时修路的盛况与艰辛，自豪之情也跃然而升。

"这的确是中国修路史的奇迹，必然被载入史册，但修路

的同时，自然灾难恐怕也难以避免。烧砖必然就地取材，砍伐胡杨、红柳、梭梭做燃料带来的后续问题恐怕不是十年、二十年所能恢复的……"

我没有否认修建这条路的艰辛，但看着三十多年后依旧一片苍凉的景象，内心还是会有些伤感、阴郁。踩着十多公分厚的沉积沙土，我们来到黄砖路上，跺跺脚，试图摆脱沙土的牵绊，迈步跨上尤尼莫克。刘建兵没有让尤尼莫克发出低沉的嘶吼，柔和起步，轻轻在黄砖路上拂过，似乎没有留下什么痕迹。这条路为我们，还有往来于此的人们增添了不少便利，这份便利中，包含着修路工人们的汗水，还有塔里木河两岸无数胡杨的生命。

新疆整体干旱少雨，特别是南疆地区，绿色不仅仅是生命的象征，更会给人带来希望与遐想。塔里木盆地被天山、昆仑山、阿尔金山环抱，数十条大小河流向盆地中心延伸，绿洲也随之向盆地中汇聚。古往今来，丝绸之路随着这些河流、绿洲延伸，东西方的经济、文化相互交流，推进世界文明的发展与进步。历史的西域，如今的新疆，正是依靠这些绿洲延续着文明与发展，新疆的文化本身也是一种绿洲文化。

自二十世纪七十年代黄砖路建成以来，塔里木河两岸的植被砍伐严重。加之上游叶尔羌河、车尔臣河以及塔里木河沿岸的水库大量储水，来水逐年减少，流域内生态环境急剧恶化，生态系统遭受毁灭性打击。随着塔里木河的断流，东侧的库木塔格沙漠和西岸塔克拉玛干沙漠逐渐接近，让塔里木盆地的这条绿色走廊逐渐消逝。2000年以来，当地政府部门从博斯腾湖数次紧急调水，同时减少沿岸水库蓄水量，让塔里木河重现生机，使下游绿色走廊有所恢复改善。

从若羌向北走了150多公里后，道路左侧的一处大土丘吸引了大家的注意，是一个砖窑——三十年前修路时建的砖窑。砖窑整体面积足有数十平方米，让人立刻能联想到当年人声鼎沸、热火朝天的修路烧砖景象。这种砖窑在路边每隔十多公里就有一个，当年也是为了方便随地取材烧砖修路。虽然官方的材料说，修路烧砖是用的枯死树枝，可谁又会对这话当真呢。修这条路从铺路到正常损耗，至少需要数千万块砖，靠枯树枝怎么完成这样的任务。

"其实，我们当地对修这条路的得失也有很大争议，这条路是新疆公路建设史上的骄傲，但在林业部门的同志看来，这又是生态建设史上的灾难，甚至是耻辱。"

随着逐渐向北，飘浮在空气中的茫茫的沙尘逐渐变淡，空气变得相对清新，塔里木河畔有些干枯、倾倒的胡杨树上露出点点金黄色。是秋天的风将胡杨树叶吹打成金黄色，这种色彩不同于缺水而成的枯黄色，依然有着生机。在他们周围的地面，有一些类似柳树的植物破土而出，他们也是胡杨，刚长出的胡杨。新生胡杨枝条柔顺，叶子也是类似柳叶的长条形。随着岁月延续，逐渐长大的胡杨树也逐渐成了人们心目中的模样，挺立在大漠之中，讲述历史沧桑。

>>> 闯入者

铁干里克

两千年前，张骞带着百余人闯入匈奴人控制的河西走廊前往西域。历时十三年，两次被匈奴俘获，两次侥幸脱逃，最终回到长安。首次出使西域二十年后，张骞再次带领了300余人的外交使团出使西域，随之，丝绸之路成了通途。

一百年前，斯文·赫定带着八个人、十余峰骆驼，沿孔雀河向东闯进罗布泊，风暴中，向导奥迪克发现了一座古城，但因储水耗尽没有进一步考察挖掘。一年后，斯文·赫定再次带队闯进罗布泊，找到了那座古城——楼兰，这一发现，像翻开了一本尘封千年的古书，向世人展现出一幕幕真实、详尽的丝路往事。

"这里是兵团农二师三十四团团部，其实还有一个名字——铁干里克，这里原来的村子就叫铁干里克。"

黄昏中，三十四团团部靠近218国道的路边，我们在一家维吾尔族烤肉店里大快朵颐。说是烤肉店，其实也就是村民在自家门前搭着烤肉炉卖烤羊肉串，因为地理位置优越，加上团部就这么一家烤肉店，生意自然相当不错。男主人负责烤肉，女主人在屋里做抓饭和黄面，一个十多岁的男孩儿跑来跑去给父母帮忙。

主人说铁干里克在维语里是"刺牙子"的意思，就是骆驼刺，一种浑身是棘刺的小型灌木，常常不被在意。但棘刺坚硬，食草动物很难找到下口的地方，干枯的棘刺也很容易扎穿车胎。

刚工作那会儿，我用三个月工资买了一辆山地车，第一次出行是去距离哈密市区三十多公里远的庙尔沟。去时一切顺利，回来时朋友说也想骑着当年还很少见的山地车过过瘾，结果不慎压上了一坨骆驼刺。汽车胎都难以抵挡的骆驼刺自然不会放过我的自行车，前轮三个眼儿，后轮四个眼儿，补胎都补不过来。无奈中，只好用打气筒打足气就快速骑行往前跑，最多坚持一公里，停下来继续打气再往前跑，循环往复，到家也给累劈了。

三十四团招待所是一栋三层楼的红砖建筑，当时团部里唯一的招待所。有公共浴室，虽然是凉水，但经过英苏的折腾，能冲凉就已非常享受。这里位于塔克拉玛干沙漠与库木塔格沙漠之间，依托塔里木河绿洲在两大沙漠间苦苦支撑，支撑这条几乎贯通塔里木盆地南北两端的绿洲不被沙漠终结。在这里，洗澡完全可以说是一种奢侈的享受。

这一晚，我们可以安然睡去，不用早起。因为需要补充给养，领队刘稷决定午后出发，沿着孔雀河河谷向东进入罗布泊腹地，我们此行的最终目的地就在前方——楼兰。

第二天快到正午，我们伸着懒腰在招待所的停车场里集合，刘稷给大家开会，讲讲最后也是最重要的这段路的路况、车辆分配，以及注意事项。从这里到楼兰二百多公里的距离，需要经过孔雀河河谷进入罗布泊腹地，再过龙城雅丹前往楼兰古城。因为在进楼兰前还会与另一路摄制组汇合，刘稷打算当晚在龙城雅丹附近扎营，待两队人马汇合后一起进入楼兰古城。出发车辆要重新分配，刘稷把我拉到一边，交待他的安排。

"明天两队汇合后会有十多辆越野车，摄制组以及后勤团队的人也不少，因为三辆尤尼莫克需要保障所有车辆的安全，所以车上的人员安排要打乱，你和沈沣上李勇的车。"

"对了，我们商量决定，你和茹仙古丽坐副驾的位置。"

"为什么?"

对于打乱原有乘车安排我倒不奇怪,但为什么突然安排我和茹仙古丽坐一起?

"是啊,为什么不让我们其他人和古丽一起坐副驾呢?"

大家争着表达自己的疑问。

"因为我们觉得这样安排,茹仙古丽路上能安全些!"

刘稷回答。

可是,这样安排我倒觉得自己有危险,一路被这么多双打算坐副驾的眼睛盯着,很没有安全感。

嬉闹中,大家按刘稷的安排准备上车出发,管理员给每人发了三瓶矿泉水,说是路上喝的,到了楼兰还会给大家补充。拿到三瓶水,我寻思这到了楼兰可就没有商店能买到水了,万一补充不上,缺水可不是好玩儿的事,于是拿着两瓶溜达到刘建兵的车上,乘人不备塞在了副驾座位下面不易被察觉的地方。

一小时后,我们沿干涸的孔雀河下游河道驶向东方,进入罗布泊腹地。河道两岸,胡杨树依旧顽强地活着,河中没有水,但河道下依旧有少量水源的暗河存在。不知跑了多久,我们离开荒漠中这些仅有的色彩向偏南方行驶,这仅有的色彩继续向东延伸,逐渐消失在沙尘之中。此刻,烈日当空,前方是一大片洪水沉积消退后形成的荒滩,平坦开阔,三辆尤尼莫克拉开距离,时速八十公里的一通狂奔。李勇戴着墨镜,酷劲十足,身体略微前倾,避免颠簸中从座位上弹起,因为没有风,车轮卷起的烟尘拉出数百米远,久久未散。

古往今来两千年,行走在这条路上的主要是僧侣、商队和军人,到了近代,不少探险者又开始深入其中。如今,我们再次走上这条路,拥有"沙漠小怪兽"尤尼莫克,还有卫星电话、后勤给养,以及地面上时断时续的车辙。约莫离开库鲁克塔格山脉三四十公里后，注意到远处土坡上有一个木头搭成的塔架。在罗布泊里，除了车辙，还有一些比较特别的地标，从20世纪后半叶罗布泊地质考察留下的坐标塔架，到千年前就竖立在丝绸之路上的烽燧，这些地标不但能指引方向，同时也讲述着丝绸之路的发展与变迁。

傍晚时分，李勇说自己肠胃不适，打算休息一阵再走，此时已经距离当晚扎营地不是很远，也就十多公里的样子。经队长刘稷同意，我们一车人停下来捡石头，也是遛弯儿放松一下。

"小白，你说我这些石头怎么样？有玛瑙吗？"

没多一会儿，老苏抱着一堆石头找我。可里面不但没有玛瑙，甚至连稍像样点儿的戈壁玉都没有。也不好让老苏太失望，就对他说，石头没什么好不好的，自己喜欢就好。

"苏老师，这可进罗布泊了，过去是核试验基地，您不怕这些石头有辐射呀！"

正当老苏打算把几块他认为好的石头抱上车的时候，沈沣半开玩笑的撂下一句话。老苏寻思一下，转手把所有的石头扔回了罗布泊中。

大家拿老苏打着趣，天色也逐渐暗了下来。正当我们准备登车赶往龙城雅丹营地的时候，身后的地平线上出现了灯光，不是一辆车，是一个车队逐渐靠近。没错，刘稷说当晚要在龙城雅丹与另一支从北线赶来的摄制组汇合，必然是他们。我们用闪光灯对这车队方向一次次触发开关，指引方向。车队很快来到我们面前，大车队！足有二十来辆车，除了十多辆新、老款丰田、JEEP越野车外，还有几辆军队淘汰下来的三桥车，6×6，马力强劲。三桥车是摄制组在库尔勒雇佣的后勤补给车，上面装满了物资，还插着彩旗，蛮像二十世纪五十年代末来到罗布泊搞核基地的建设大军。

站在车下，我们与赶来的车队人员打招呼，但没什么回应。带队车副驾上的人扎着花头巾，捏着对讲机，很户外的样子，撇着脸看了看我们这些灰头土脸的家伙说：其他人在那……然后，带领车队扬长而去，留下丧么搭眼的我们。只能跟上，先去汇合点再说。

为了避开这车队拉起的烟尘，我们速度稍慢。待到汇合地，还没下车就听那扎头巾的领队扯着嗓子高喊：

"我们这么大一活动，就交给一小旅行社！有能力承接吗！负担得起责任吗！"

头巾领队发火的原因很简单，晚上的伙食和住宿她不满意。得知这原因，我们这些在沙漠、戈壁中摸爬滚打半个月的人自然感到不爽。总有些自我感觉很好的人用自己的思维方式俯视着一切，不管面对的是什么样的环境、条件。在如此条件下，你只能去适应。承接后勤保障的人已经做到了尽可能最好，你也不可能在罗布泊享受京城五星酒店的待遇，除非你花足了钱，可并没有！

没有过多理会那些新来的，依旧把自己当城里人的人，我们需要尽快休息。第二天还有一整天艰苦行程，那些趾高气扬的人根本不明白他们会面对什么样的环境。后勤保障人员已在旁边搭起地质帐篷，每顶帐篷里能容纳十来个人，在罗布泊里，这已是很好的过夜条件。

睡觉……

> > > "十八公里" 陷车路

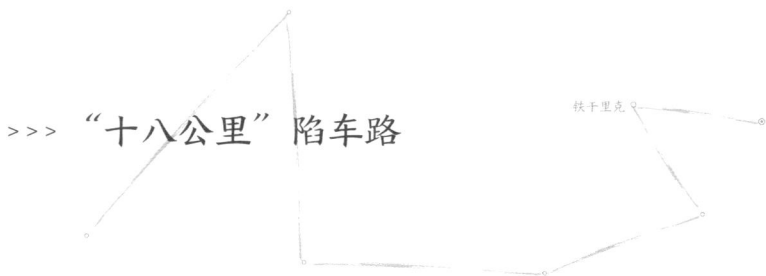

黎明时分，晨星闪烁，天空幽蓝偏黑，东边地平线处已泛出淡紫色。拔营出发，大小三十余辆车拉成一公里的长龙，继续向罗布泊深处挺进。前风挡外，残月挂在地平线上空，旁边是金星，很是耀眼。突然，一颗流星在左侧天边高速划过，拉出一道黄色有些偏橙的尾迹。这是狮子座流星雨中的一颗，这几天，刚好是每年一度的狮子座流星雨极大期，赶着了在罗布泊中一睹流星雨盛况。

从黎明到正午，车厢里很是安静，没怎么聊天，也没法听到刘建兵的段子。多数时间大家在颠簸的车厢里昏昏欲睡，就算是颠起撞在车顶或窗户上，不过是迷糊着眼睛调整一下位置，继续睡。头一晚只有不到五小时休息时间，加上半个多月来的艰辛行程，大家都已疲惫不堪。

车轮下的地形地貌在一步步改变，戈壁、雅丹、盐碱地。盐碱地看似平整，实际暗藏杀机，在烈日下像干涸的盐湖，一层层浪花挤压着扑面而来，这些浪花坚硬又锋利，随时有可能将轮胎划破。好在近几年因地质勘测等方面需求，相关单位费力地浇水软化表面又用修路机压路，弄出一条两米多宽的便道。我们能在盐碱地上以二三十公里的速度行驶，慢是慢一点儿，好歹能走。

"老白，你是哪年离开新疆的？为什么离开新疆呢？"

路上闲着无事，茹仙古丽和我聊天。

说起来，我们都是在罗布泊附近长大，若羌是在罗布泊南侧，我的家乡哈密在罗布泊以北。小时候，到了暑假不可能出门旅行，我们这些十多岁的孩子多数会离开市区，随父亲去勘探点玩儿几天，就算是度假了。在小伙伴中，我比较野，这种野倒不是闹腾，而是贼大胆，经常自己一个人带一壶水，深入戈壁腹地探险。大半天徒步走十多公里，运气好能捡到水晶、玛瑙一类石头，回来就成了在小伙伴中炫耀的资本。这种体验，渐渐地也就成为自己在戈壁中生存的经验，耐渴能力、辨别方向、以及寻找庇护所等能力。

1998年，做了六年美术老师后，我决定出去上学，家乡有家乡的好，但我要面对一个更大的世界。想一想，如果不是当初考学离开家乡，也难以有现在这样一个机会回来，沿着斯文·赫定、彭加木等那些前人的脚步，走进从小就向往的罗布泊。

午后，烈日当空，虽然已是深秋，但阳光依旧干烈，让人难以依靠它辨别时间、方向。车队在一个被称为"十八公里"的地方停下来休整，从这里到楼兰遗址有十八公里，而这十八公里不再是能开到时速二三十公里的坦途。早前就听刘建兵说这段路难走，极易陷车，但真是到了这里才体会到什么是真正的罗布泊之路。这十八公里是在一片低矮的雅丹与红柳包之间，不同于龙城雅丹的气势恢宏，这里的雅丹高度多在一两米之间，被车辙压出的道路松软异常。

"雅丹"一词来源于维吾尔语，意思是"魔鬼居住之地"，从这名字就可以感觉到前人对这种地貌的敬畏之感。雅丹地貌是地表的沉积沙土被洪水、风沙冲积、吹蚀而成，有的高耸如魔鬼城堡，有的则成为连绵沟壑。轮胎碾过表面沉积了千万年的沙土外壳，表面会逐渐松软，慢慢的，内部细腻的尘土显现出来，成为闯入车辆的灾难。

车队再次拉开，三辆尤尼莫克在车队的前、中、后排列，遇到严重陷车点，一辆尤尼莫克就停下来拉车，谁陷拉谁，待全都通过后继续向前。此时，另两辆尤尼莫克早已绕到前方下一个陷车点等待，把捂在土坑里的越野车一个

一个往外拽。三辆尤尼莫克就这样接力向前，一点点的，拽着整个车队向楼兰挪动。

"这路哪还是路呀，照这么下去，人困车乏，天黑前能走完这十八公里就烧高香了。"

队长刘稷打头阵，但没开出去两公里就严重陷车，托底，四个车轮完全陷在厚厚的浮土中，只能等待尤尼莫克翻过雅丹沟和红柳包前来救援。按刘稷的话说，虽然之前有心理准备，驾车能力也久经考验，但没来过罗布泊绝对不要高估自己的能力，初来乍到的司机都是"雏"儿。

李勇开尤尼莫克带着我们在此处负责救援，大家查看陷车部位的状况，发现虽然托底，但好在地面没有坚硬的石头，于是直接挂拖车绳，"霸王硬上弓"——拽！

在大家挂拖车绳的时候，我已在后一个土坑前探查一番，发现这土坑里浮土很厚，但不像前一个有凸起的梁，于是在另一头端着相机等待。当时用的相机是最早期的数码单反相机，连拍速度不过每秒三张，只要能把握好瞬间，这连拍速度也够用。

刘稷开着头车，借助尤尼莫克的力量冲出土坑，解拖车绳，然后顺势向前冲第二个大土坑。眼见车头先是顺下坡扎进土坑，然后平搓，紧接着顺上坡跃起。在镜头里，刘稷开着大切整个被浮土包裹着冲过来，就像西游记中那些腾云驾雾的妖魔一般。

"咔咔咔"按三张，转身就跑。此刻头车前风挡完全被浮土覆盖，车里的刘稷根本看不到我的位置，就算看得到能避开，也得被铺天盖地的浮土包起来，我可不想成出发时麦盖提推车的沈沣那样，被土埋了。转眼间刘稷已驾车冲过第二个大土坑，我从相机显示屏上匆匆看了一眼刚才的照片——成了，画面很满意。不能多看，得注意相机省电，现在开始相机充电是大问题，要尽可能节约使用。

此刻，后面的车辆陆续来到连续土坑前，塞车了，而且大半数车辆都需要尤尼莫克的帮助才能通过。王旭东亮开他的"主持嗓"，指挥车辆有序排队，

并为需要帮助的被困车辆挂拖车绳。这一路段红柳包较多，浮土与红柳根混杂着，极易阻碍车轮的转动。有一辆库尔勒后勤团队的"老丰田"被困，司机许峰是初进罗布泊的"菜鸟"，此次楼兰发现百年的纪念活动需要大量保障团队车辆，许峰随着一群罗布泊"老油条"前来，挣多少钱且不说，经验的积累绝对是最大收获。

看陷车严重，如果生拽也太毁车，许峰让车上的乘客下车，轻车脱困。此刻我们才注意到，许峰车上拉的是几位年轻姑娘，也就是上高中、大学的样子。王旭东说，姑娘们是乌鲁木齐某模特公司的模特，的确都是学生，这次随大部队进罗布泊，是要在录制节目时表演复古时装秀。王旭东可是活动主持人，他的消息自然可靠，此刻，大家也不管消息来源是否可靠，至少注意力不会再只是盯着茹仙古丽一人了。

眼见陷车没完没了，拖车没完没了，我和沈沣决定不再上车，而是跟随楼兰文物保护站的护理员牛耕徒步前往楼兰遗址。前方还有十多公里，三小时怎么都能走到，那时车队未必能在我们之前到达。就算先到也无所谓，徒步走向楼兰，也有一番"朝圣"的意味，挺好。

我们在雅丹沟与红柳包间跳跃前行，走几公里就会遇到一个土路交叉口。牛耕说，每四公里都能遇到一个十字交叉路口，这是地质勘测线组成的坐标体系。他们保护站里有四位护理员，大家负责数十平方公里的文物保护工作，除了日常巡查也就无事可做，寂寞是在这里工作生活的主旋律。

"四个人是因为刚好凑一桌麻将吗?"

沈沣打趣的问道。

专为凑一桌麻将倒未必，但四个人值守却很有必要。一来人多能有的聊，二来闯进罗布泊的盗墓者逐年增多，护理员的安全也是个现实问题。一开始，保护站是设立在楼兰遗址附近的一顶帐篷，如今则是在"十八公里"路口处建起固定建筑，一排地面房的办公室，还有几间地窝子组成的起居室。地窝子是干旱地区常用的一种简陋居住建筑方式，依土坡向前挖出个四方坑，在坑顶支上木杆，上面铺草席、毛毡等物，再填上些土。这种居住方式最大的好处是简单便利，20世纪中期被开荒的兵团战士与地质工作人员广泛使用。

聊着天，倒也没觉得太累，但逐渐感觉到了口渴。头一天出发时每人有三瓶矿泉水，我把两瓶塞在刘建兵的副驾车座下面，这整天来只有挂在腰包上的一瓶水，可这一瓶水也快见底，忍着没喝。也许是从小在戈壁滩上撒野养成的习惯，尽可能要留一点水，有时候，你平时不会在意的那点儿水能救你一命。

走着走着，发现红柳包边有个矿泉水瓶，"这谁扔的，这么没素质！"

本来打算捡起来带到宿营地收集，不成想，瓶子里还有半瓶水！这什么人呀，要么城里生活过惯了，半瓶水不当回事的随处乱丢，要么就是太大意，这么宝贵的水都不慎掉在半路。管他那么多，先把捡的半瓶水灌进自己的水瓶里，然后把空瓶子装进包。

继续向前，微风带来的空气有了些凉意。天色渐暗，一公里外，有个大土包逐渐出现在地平线的雅丹与红柳包之间。大土包明显和红柳包不同，底下较大，上面为圆柱体——是楼兰佛塔！

经过三小时徒步，我们终于看到了楼兰古城的标志，那座在罗布泊矗立两千年的佛塔——我们到了！过去梦想来此，曾被人嘲笑"痴人说梦"，如今，它就在我眼前——我到了……

> > > 流星雨之夜

晚上九点，太阳已经在西边的几处雅丹边上飘落。仔细看，那不是雅丹，而是几处人为的夯土建筑，也许是楼兰城西侧防御工事。那方向的天空是玫瑰色的，偏一点点橙，从地平线向天顶过渡，影调越来越蓝，越来越深，到天顶已是暗蓝色，还点缀着几颗星星。随着时间延续，星星越来越多，这几天的月相是残月，适合观星。

车队里的大部分车辆已经抵达楼兰遗址附近，三三两两地停着。刘建兵的尤尼莫克停在距离佛塔西南角约三百米的一片雅丹上，他说这方圆几十平方公里都是遗址区，车不能乱跑，谨防碾压了那些历尽两千年风沙吹蚀而残存下来的文物。由此可见，刘建兵的确是"有层次的司机"，是不是"最"，一下不好确定。

十来个小时走完"十八公里"，所有人都很疲惫，开车的坐车的，都懒懒散散坐在佛塔南侧的土坡上，土堆里。我和沈沣、刘建兵、茹仙古丽坐在尤尼莫克里。刘建兵精神头依旧，缓了缓劲儿，爬上后车厢，从麻袋里拿出几个馕分给大家。

"这馕怎么一股子柴油味儿！"

嚼吧两口，所有人都意识到了同一个问题，这一麻袋的馕和我们的行李放在后车厢，还有三桶柴油。一路晃来晃去，装着馕的麻袋和柴油桶亲密接触，饱吸柴油味儿，然后又把这窜鼻子辣嗓子的味道浸泡在馕饼之中。此刻也没什么好挑剔的，大家都饿了，再说，我们已是被塔克拉玛干和罗布泊的风吹打过的人，没什么不能接受的。就着小半瓶水，吃了半个柴油馕，扒拉扒拉落在衣服上的渣儿，踏实了。

"老刘，你觉得这辆尤尼莫克像什么？"

沈沣问到。

"像我的情人，离不开了……"

"我这话说得有层次吧！"

回答完毕，刘建兵哈哈地笑开了怀，少许馕渣儿随之飞散到车厢里。他说这辆看着老旧的车刚开了三年。在沙漠里，开一年等于正常道路上开七年，人也一样，所以开沙漠车的司机也要比城里的人沧桑许多，不是"长得着急"，纯粹是风沙历练的结果。

"古丽，你去过北京吗？这次活动结束后你和我去北京吧。"

撩完刘建兵，沈沣又把话题转到茹仙古丽身上。茹仙古丽不像刘建兵，遇到问题总是很当真，遇到这样一个话题，也犯起了难，不知该怎么接。一起短短几天，能感觉到她是个很善良的姑娘，出生在幅员辽阔的中国最大县，可这里又是信息闭塞，与外界交流困难的地方。在幼儿园当老师的茹仙古丽想离开这里，她并不是不爱自己的家乡，但想拥有个更大的世界，面对的不只是地域的辽阔，还有内心的辽阔。

"老刘，今晚我就和你睡车里吧，你依旧坐你的主驾，我这大长腿在副驾这将就一下就行，后排让古丽睡。"

转过头，沈沣又和刘建兵搭顾上了。其实沈沣还是在开玩笑，刘建兵累了一天，该让他好好休息一下，我们怎么着都好办。说话间，沈沣把睡袋放在副驾座位上，下车和我去找刘稷，打探晚上如何过夜的问题。此刻他还不知道，我在那座位下面藏了两瓶水，不到万不得已是不会拿出来的。

这是一个没有月亮的夜晚，但因为浮尘影响，星空并不是非常纯净，地面的沟沟坎坎里乱停着车。从正午到入夜，我们就走了十八公里，而且只有三分之二的人抵达了楼兰古城，还有一些车困在十八公里的土坑里，杜胜利在帮他

们脱困。那条路太窄，只能是一辆车去拽，没必要三辆尤尼莫克都耗在那折腾。溜达了半小时，看有几个人在一起说话，走到近前听声音有刘稷和王旭东，看身形的确有他俩，靠认脸没戏，所有人都是灰头土脸，样子差不多。

刘稷带来个坏消息，有辆拉给养的后勤车也被困在"十八公里"，上面装着帐篷，还有伙房的所有物资，今晚吃喝住都得自己想办法了。此刻，我们很庆幸自己早已做好了最坏的打算，有馕，虽然是柴油馕，还有睡袋和防潮垫。

寒暄几句，我和沈沣趟着土，回头去找刘建兵。此刻，罗布泊的风带来阵阵凉意。无人区早晚温差极大，到了后半夜，估计气温在零下十度左右，我们的睡袋不是羽绒的，估计要靠耐力扛到天亮。路过几辆停在雅丹沟里的车，里面有司机许峰和路上遇见的模特姑娘，她们只能坐在车里相互依偎着熬过罗布泊的寒夜。这还算好，姑娘们能挤在车里，模特队的小伙子们则爬上一辆后勤车的后车厢，挤在大包小包中间，拉过盖车的帆布抵挡寒风。

此时，刘建兵已在车里为沈沣铺好睡袋，还在下面垫了件军大衣，转头来了句："我是个有层次的司机！"

沈沣并没有在车上住的打算，折腾一整天，刘建兵已经很疲惫了，需要好好休息，茹仙古丽也在车里睡，不能让姑娘家和我们几个糙老爷们儿躺土坡上过夜。老苏和老尹也过来打探消息，这都夜里十一点了，没人叫着吃晚饭，也没人告诉晚上怎么住，什么情况？

听到物资车被困"十八公里"的消息，老苏倒也满不在乎，天当被地当床，佛塔在身旁，梦在楼兰畅谈古今，如此一夜以后绝对是值得回忆的谈资。带着那份诗意，四个浑身是土的家伙抱着睡袋溜达到楼兰佛塔边，在一道相对平整的土坡上打地铺。因为土坡相对平整的位置只有窄窄的一长溜，四个人只好排一串钻睡袋。沈沣头一个，然后是老尹、老苏，我。借着小手电的光，大家发现老尹竟然有两条睡袋，他钻在一条睡袋里，把另一条打开盖在身上。围着老尹，我们质问这多出的一条睡袋哪来的？为啥不分给没睡袋的人！老尹说，睡袋是之前一路同行的摄像师孙剑锋的，他因为人员安排问题没有一同进楼兰，于是把自己的睡袋留给了怕冷的南方人老尹。

　　看着可怜巴巴的老尹，我们也没强迫他把睡袋给别人，夜里气温越来越低，别给他冻坏了。

　　拍拍睡袋口上的浮土，我也钻了进去。还好风不大，那样不被冻死也得被尘土呛死，什么事都往好了想。向右侧身，看看不远处的佛塔，几乎和夜空融为一体，只是点点星光映衬着，能看出大致轮廓。猎户座逐渐转出地平线，升高，天狼星尾随其后，忽闪忽闪地泛着蓝光。一颗流星拉着橙色的尾迹快速划过，是颗火流星！从猎户座与天狼星之间，奔向西偏北的卯星团，然后消失在布满浮尘的夜空中，不过明亮的尾迹依旧映在空中，也映在记忆里。

　　火流星就是亮度很高的流星，难得一见。其流星体质量较大，冲进大气层后能燃烧很长时间，甚至会发出爆响与轰鸣声。第一次看到火流星是1990年，当时在上师范，有一天晚上和同学去画室的路上，突然感觉天空有亮光，紧接着，一道强劲的光柱划过夜空，从东北到西南横跨天际，随后是阵阵轰鸣声。伴随着久久未散的流星尾迹，我们呆若木鸡——这流星也太亮了，会落在哪？西南是罗布泊的方向。不知道那颗巨大的火流星是不是落在了罗布泊，当时没有网络，没有智能手机，BP机都没有，自然也没有NASA的APP，无法知道这颗火流星的最后踪迹。

　　回忆着那颗"爆款"火流星，又有几颗亮度较弱的流星出现在夜空中，是狮子座流星雨，这几天正是极大期。进入罗布泊的第一个晚上看到有流星划过，当时就琢磨在楼兰看流星雨是何等浪漫，只不过现在是和几个糙老爷们儿躺在土坡上，没有浪漫可言。

　　流星雨是太空中的彗星碎片在自己的轨道上与地球轨道重叠，流星体碎片与大气层摩擦燃烧形成的天文现象。每年轨道都会在特定时间重叠，在特定位置形成辐射点，这个辐射点所在的位置也就是该流星雨的名字，比如"狮子座流星雨"、"英仙座流星雨"。狮子座流星雨来自于一个叫坦普尔·塔特尔的彗星，它的轨道每年11月14日至21日与地球轨道重叠，每小时能看到数十颗流星，平均每33年狮子座流星雨会出现一次极大期，流星数目达到每小时数百颗。这几天正是那33年等一回的极大期！而此时的我还赶上一特别的地点——楼兰，在楼兰看流星！哪怕是钻在睡袋里、躺在土坡上，足矣……

流星越来越多，躺在地上倒好，能顾及更大范围的空域，一颗、两颗、三颗、四颗——不数了，数它干吗，能这么看着就好。两千年来，这片土地风起云涌，扼守着西域的交通，书写着丝路的往事。这一颗颗流星，似乎能带着人穿越到曾经的楼兰，又像是一个个灵魂，一个个驻守边关的将士之魂，他们奋勇杀敌、浴血沙场，化作一颗颗划过天际的流星。此刻，在寂静的楼兰，似乎能听到流星簌簌划过夜空的声音，像是一支支利箭，随之而来有战鼓声、呐喊声、哀号声，我们置身曾经的战场。奔跑、冲锋，脚下踩着敌人的遗骸、头颅！

"小白，你踢我脑袋干吗?"

老苏一句话，周围归于沉寂，回到现实。

我躺的位置不平，躺着躺着略微向下滑，感觉脚下有东西就顺势踢了一下，不成想，是老苏的脑袋。

"这都半夜两点多了，快睡觉……"

>>> 近瞻楼兰

"朝子曰：朝及他人皆远行，吾弟妹及儿女在家中，不得相见，故有衣粮不足之苦。今家人已派人去南州天奇王黑处求谷粮五十斛，以解吃食之虞。望能与黑通融，使其按时交付。大人气节高尚、体恤仁慈，敬仰之情无须多言。朝子敬上。"

"兵部。太史四年（即公元268年）六月派出士兵于考昌营地死亡名单。"

"史顺等候……大渌湖水深而逆流弱，盖月末抵楼兰……"

1901年3月3日，斯文·赫定带着他的考察队来到楼兰古城佛塔下，一周时间内，除了拍照、绘制遗址图纸外，还找到不少带有汉字的纸张、木简。斯文·赫定当时就断定，这些现存最古老的纸张上书写的内容，会对世界历史的研究有着无法估量的贡献。

黎明时分，醒了，冻醒的。此刻竟然躺在楼兰古城，躺在一百年前斯文·赫定发现大量驻守边关的将士家书，以及官凭文书的地方。这里还发现了史书《战国策》的残页，那些手稿写于公元150年至公元200年，是现存最早的纸张手稿。

天还没有完全亮，但我们毫不犹豫地钻出睡袋，因为睡袋里并不比外面暖和。清晨的微光从东南方开始，粉粉的，有些偏冷色，这色彩加剧着浑身上下的寒意。为了让身体尽快升温，我和沈沣拉着老尹围着佛塔跑圈儿，在楼兰晨练跑圈儿，也是嚣张得不要不要的，这以后恐怕是最牛的谈资之一。我们哆哩哆唆地顺着佛塔小跑，脚下淌着尘土，清晨的空气相对湿润，尘土不至于到处飞散。佛塔东侧，几位队员面对着初升的阳光，让自己已经几乎冻僵的身体复苏，大家做表情夸张状，享受那份晨曦中的惬意。

"吃早饭了！吃早饭了！"

刘稷敲着一个20公分大小的不锈钢饭盆，满是欣喜在周边溜达。他是队长，虽然只是一支队伍的队长，后面来的"城里人"似乎不把他当回事，但他还是要照顾好我们这些一起走过塔克拉玛干和罗布泊的弟兄。

凌晨三点，装着帐篷和生活物资的货车好不容易摆脱"十八公里"的纠缠来到楼兰。顾不上休息，负责后勤保障的师傅们先建起一座帐篷伙房，在天亮的时候就为大家做好了楼兰的第一顿早饭，有馒头、咸菜和玉米粥。虽然伙食很简单，但馒头和粥都是热的，相比较"柴油馕"来说，这可绝对是上等佳肴。

来到伙房边，突然意识到一个问题，我们没有饭盒。在铁干里克出发前本打算买饭盒带着，但刘稷说所有生活必需品都已统一购买，不用自己带。由于人多车多一片混乱，刘稷为我们准备的饭盒早不知被谁拿走，他得负责很多事项，不可能还顾带着给我们看饭盒。得，也别再给他添过多的麻烦，后一队来的那些"大爷"们还不够他烦的。

伙房门口，排队领了一个馒头，还有一包榨菜。侧身两步让开餐台，用沾满尘土的手掰开馒头，就着飘忽在空中的热乎气儿，加上榨菜，咬了一口——享受……

"哎呀，没抢着饭盆儿呀？"

一转身，看安东端着不锈钢饭盆站在旁边，哧溜哧溜地喝玉米粥。哪有机会抢饭盆呀，我们一早去跑圈儿，压根不知道物资车已经抵达。安东一仰脖喝光了玉米粥，顺手把饭盆递给我——"喝点儿热的，保暖，明天还不知道有没有粥喝呢。"

再次排队，我也盛满一饭盆玉米粥，蹲到略远一些的地方慢慢喝，借着逐渐升高的太阳，享受眼下这份难得的美食。

"哥们儿，等你喝完了，这饭盆能借用吗，我也盛一碗去。"

没注意什么时候，主持人王旭东走到我面前，现在这个饭盆可是香饽饽。我一扬手——拿去，好东西要大家分享。

吃完早饭，拍拍手，今天无事。由于摄制组要进行两天的拍摄准备，我们这两天也就是发呆闲聊，有机会就在楼兰遗址周围转转，感受这淡出历史千年又重新进入人们视野百年的历史坐标点。

公元前139年，张骞第二次出使西域时，塔里木盆地及周边地区沙漠绿洲上一共有三十六个国家，史称"西域三十六国"。楼兰国地处塔里木盆地的最低洼地带，塔里木河、孔雀河、车儿臣河、疏勒河的河水都汇聚在罗布泊，加之汇入塔里木河的叶尔羌河、和田河、阿克苏河、克里雅河。这些水道和绿洲支撑起了丝绸之路的贸易兴盛，也就是说，当年丝绸之路上商队使用的交通工具除了多数人知道的骆驼，还有船。既然有大河相连，自然用运量更大、更快捷的船，但在需要转运或河水不能相连的地方，需要依靠驼队运输。

在开辟丝绸之路的早期，西域诸国受匈奴控制，车师、楼兰等国与匈奴结盟，经常劫掠西汉派往西域的使臣和商队。为了确保丝路通道畅通，元封三年（前108年），汉将赵破奴率军击破车师，王恢则率骑兵击破楼兰，由此也有了后来唐代诗人王昌龄在《从军行》中的"黄沙百战穿金甲，不破楼兰终不还"。

背靠大树好乘凉，依靠丝绸之路的重要中转站——罗布泊，楼兰也成为那一时期交通的重要结点。经过楼兰的丝绸之路楼兰道是汉王朝与西域开辟的官道，成为连接中原与西域的交通干线，随着国际贸易和东西方文化交流与日俱增，也给这些西域国度带来了经济的繁荣。历史沧桑变幻，中原的王朝更迭，被两汉、魏晋掌控数百年的楼兰国，在公元四世纪淡出中国史书的记载。

十九世纪末，西域考古热潮盛兴，丹丹乌里克、喀拉墩、安迪尔、尼雅等塔克拉玛干沙漠周边及腹地隐匿千年的汉晋时期古城被发现。1899年9月，斯文·赫定得到瑞典国王奥斯卡和著名化学家诺贝尔的资助，带着足够的资金，各种仪器设备，还有四台相机、两千五百张胶片版，以及带给当地人的礼物，前往中国打通从新疆到西藏的道路。1900年3月初，探险队沿着干涸的孔雀河河床来到罗布泊。在一晚露营后，向导奥迪克不慎将一把铁铲遗落，铁铲是探险队的挖水工具，奥迪克主动冒着即将到来的沙尘暴回去寻找。当晚，奥迪克不但找回了铁铲，还带回两块刻着精美花纹的木头，他说遇见一处古城的遗迹。斯文·赫定自然是超想立刻去那座古城，但由于只剩下两天的饮用水储备，他不能重蹈第一次西域探险的覆辙，于是决定在藏东考察后，要再次回来寻找那座罗布荒原中的古城。

1901年3月，从藏北返回的斯文·赫定重返罗布泊，这一次他经六十泉补给饮水后直奔罗布泊腹地，目的只有一个，寻找一年前与他擦肩而过的那座古城遗迹。这一次他发现了许多烽火台，这些烽火台构成一条古代戍边的交通要道，而这条交通要道直接将他引至罗布泊西岸那座被千年风沙隐没的古城。根据遗址分布情况可以看出，这里曾经就建在罗布泊湖畔，后来随着河道的改变，古城建筑随之向南转移。

找到古城后，斯文·赫定拿出一笔诱人的奖金，奖励找到带有字迹东西的队员。在一处类似马厩的饲料槽边，有位随从在沙土中找到一张写有汉字的纸片，于是他得到一笔奖金。随后，又有三十六张纸片被发现，每张纸上都写满汉字。斯文·赫定当时就断言，这些文字的内容对世界历史的研究，将会有巨大贡献。

结束考察回到瑞典的家中，斯文·赫定把在古城遗址中找到的所有手稿、文物都交给住在德国的辛姆莱（Karl Himly）先生，后来他根据这些手稿发表了一份报告，说明这座发现手稿的古城叫做——楼兰。辛姆莱去世后，这些文物转交给康拉迪（A.Conrady）教授，他翻译出了所有的手稿，指出手稿中最古老的一份是史书《战国策》里的残页，这份手稿书写的时间应在公元150年至公元200年间，是世界现存最早的纸质手稿。

除了写满文字的古老纸张，还有一些写着文字的木简，其中很多都有日期，文字内容涵盖行政、商业、农业、军事内容，涉及当时的历史事件与战争报告，从多方面展现出一千七百年前的楼兰人生活，以及这座城池的兴衰往事。

通过这些文物资料可以看出，当时中国与西域各国乃至地中海沿岸的国家经济、文化联系紧密。丝绸之路将中国与印度、波斯、罗马、叙利亚连在一起，过往官员、客商会经过楼兰，进行贸易或暂住歇脚，楼兰则成为丝绸之路上的一处重要大门。

公元四世纪初，朝廷内部党派纷争、国力衰败，楼兰的叛乱与战争增多，危机重重。斯文·赫定在他的游记《亚洲服地旅行记》中写道："尽管战争的阴云笼罩在楼兰城上空，这些写书信的人却并未有丝毫退缩，每个人都尽到了自己的职责。城墙外战鼓擂响，塔楼上火光冲天，这些官员仍坚守岗位，镇定自若地写完手中的报告，仿佛根本没有异常的事情发生。他们给朋友发出新年的问候和表示哀悼的信件，不被兵临城下的战事打搅。我们阅读这些信件时，敬仰之情油然而生，感叹中国人尽职守则的品行之无暇，勇气之可嘉……"

回想着楼兰往事，流连在曾经的官衙与房舍旁，日头渐高，天热了。此刻，摄制组的工作人员也开始忙碌准备，据说两天后要搞现场直播。这可是头一次在楼兰遗址搞现场直播，比厨房高一些的土台上是卫星转播组的小工作站，四位工作人员架着"锅"，这"锅"可不是用来熬粥的。

"哥们儿，还你饭盆啊，我可用沙子洗干净了！"

王旭东又跑过来找到我，拿着那个已经用沙子蹭的锃亮的不锈钢饭盆。

"这不是我的，你去问问安东，看这饭盆是他从谁手里拿的，没准儿过了七八道手也有可能。"

>>> **躁动与冲突**

⊙楼兰

"这些馒头是谁扔的！"

"你不想吃可以不拿，拿了觉得不好吃也可以放回去，为什么就扔了！不和你说什么粒粒皆辛苦，你以为这些粮食带进来容易吗！无人区里没了粮食你怎么活！"

伙房门前，厨师大哥手里捧着几个从土沟里捡回的馒头骂着，他心疼这些馒头。也许有的人觉着不过是几个馒头，但常走罗布泊的人明白，艰难时刻，这些都是续命的东西。土坡上负责视频传输的哥们儿说，馒头是几个"花头巾"扔的，他们是后加入的团队成员，估计是觉得馒头太干，随手就扔了。但传输组的几位也没多说话，自己就是来打工干活，不想在这疲惫又躁动的几天里添别的麻烦。

吃饱喝足，大家注意到后勤保障人员开始忙活起来，是在搭帐篷，加厚的军绿色棉帐篷可以保证今晚不再挨冻。我们也不干瞪眼只顾看，大家一起帮忙，后勤团队折腾了一夜都疲惫不堪，有人能搭把手从体力与情感上都是一种支持。

没用多久，一排帐篷搭设完毕，看着眼前的成果，有位队员打趣地问刘稷，那些新来的姑娘住哪顶帐篷。

"你问这干吗？"

"确定位置我好去占旁边的帐篷呀，然后再去找把铁铲，晚上没事挖隧道去找姑娘们聊天！"

　　当然，这都是在开玩笑，找姑娘聊天也不用挖隧道呀，姑娘们也想聊天。在无人区里生活一两天还好说，连续待四五天就不好受了，无聊，还极度缺水。对了，想到水我又想起了藏在刘建兵车里的两瓶水，不知道被人发现没，否则绝不会被留下。从铁干里克出发已经第三天，再没见到有瓶装水的补充，只是一辆给养车上有蓝色的塑料水罐，里面装着伙房做饭用的水。

　　还好，我的两瓶宝贝水都踏实地躺在那里，经过两天颠簸，瓶子表面早已磨得脏乎乎的，成了很好的保护色。

　　从车里拿出背包、睡袋，回身跑到帐篷堆里找人。物以类聚、人以群分，自然是要找一路走下来的哥几个一起住，沈沣、安东、老苏、老尹，还有李勇、杜胜利、刘建兵，十来个人一顶帐篷，刚好。刘稷和王旭东是摄制组的，他们得和组里的人一起。

　　都安顿踏实后，刘稷给我分一个任务，带盛装的茹仙古丽去楼兰遗址的各个不同位置去拍些照片，一来摄制组和若羌县对接部门需要留资料，二来也能给姑娘家拍一些留纪念，人家好歹是"楼兰姑娘"。得到这个任务我也是很开心，进罗布泊前开会就说过，进了楼兰不能到处乱跑。倒不是怕跑丢了，楼兰可是中国最重要的文物保护单位之一，不能随便在遗址区捡东西，一路也有文管员跟随，生怕拍摄过程中闹出什么幺蛾子。这下好了，我能心安理得地在周边看看，不只是围着佛塔转。

　　三间房、佛塔前，还有周边那些村舍遗迹间，拍一些茹仙古丽穿着复古服装走在楼兰古城的照片。一处房舍遗址，还留着门框和一段围墙，围墙是用红柳编制的，能看出上面糊着泥土，用来防风保暖。茹仙古丽跨过一片被沙土掩埋的木梁走来，宛如从一千多年前穿越而来的楼兰姑娘。

　　"哥们儿，来这边拍，麻溜的！"

　　就在为茹仙古丽拍完照，快回到营区的时候，远远就听安东冲我喊。一准儿有大事发生，他已经准备好了相机，两台还都带着。

　　好家伙！我可是知道安东为什么激动了，原来随车队来的姑娘们都换上演出服装，要去踩点试镜。穿着色彩斑斓、形式复古的服装，姑娘、小伙子们走

在楼兰古城，就像录影机回放一千八百年前的影像，回到楼兰最兴盛的那个时代。大家行走在楼兰城的街道上，像是西域的往来客商，或是各国的王子、公主。这画面中，我们这些浑身是土的糙老爷们儿存在的感觉有些唐突，但这种对比也是足够穿越。大家跟着年轻的姑娘、小伙们向佛塔下走去，准确地说，是跟着姑娘们向佛塔走去，空气中充满了躁动因子，随着烈日带起的尘埃飘散在空中。

"蓝妹妹""黄妹妹"——根据服装、长相等特点，姑娘们也很快有了不同的代号。随着姑娘们换装踩点的开始，这一天似乎也过得非常快，转眼日落西山，该吃晚饭了。晚饭是素炒大白菜和牛肉炒洋葱，主食有米饭和馒头，不算很丰盛，但对于这特定地点与条件来说已经足够好。后勤团队又从物资堆里找出些搪瓷盘子与饭盒，这让大家也不再为眼瞅着热饭没法吃而苦恼。

入夜，原本以为能就此睡个好觉，不成想问题来了，或者说自打两路人马汇合后就存在的问题终于爆发了。

"不是说在这有四菜一汤吗！"

"就这条件还指望怎么干活！"

帐篷外面，另一支团队的人揪着刘稷质问。平心而论，来到罗布泊工作就该有面对艰辛的准备，一生能有几回穿过罗布泊来到楼兰的机会，这世界上到过楼兰的恐怕不过数千人。刘稷是说过"四菜一汤"，谁都明白那是玩笑话，谁也不至于为这当真，挑头质问的人估计也不为这个，更多的是没有面对这份艰难的准备。

眼看冲突上升到动手的地步，我们几个坐不住了，冲出帐篷支援刘稷，王旭东赶忙去拉架。他们都是台里人，我们本不好参与冲突，但刘稷是我的队长，这种时候就该有弟兄们的支持。此刻，一位领导挤到冲突双方之间，厉声高喊："要打你们先打死我吧！这都什么时候了，活还没干完呢！"

眼见这样，大家都散了，我们也安慰着刘稷，消消气儿，这些位优越感极强，对其他人，还有这片土地，都缺乏应有的尊重。

第二天上午，摄制组开始往佛塔下搬运摇臂等转播拍摄装备，由于前一天下午运送装备的司机将车开到了不准许有车辆进入的区域，护理员牛耕向领导汇报，区域内的车辆在撤离前不许随意开动，所有物资由人力抬到拍摄区域。从车到佛塔下的转播拍摄区域大约三百米远，那些装物资的箱子轻的几十斤，重的有几百斤。头天夜里发生冲突的拍摄人员拖着箱子一点点的向佛塔下挪动，很是吃力，我们几个也没善心去帮忙，这大太阳下，能休息就休息。坐在佛塔对面的土坡上，看他们继续一点点的向前挪动。

拍摄人员支好装备，各节目组走台录制，我们几个则闲的无事。无聊中，听到一阵强劲的螺旋桨声音由远及近传来，是一架军用直升机，不断地在我们头顶一百多米高的地方盘旋。看到直升机，无聊一天的人们发出阵阵欢呼声，沉寂一天的躁动因子再度爆发。

罗布泊是军事管理区，进入需要有审批，楼兰遗址区更是管理严格，必经之路上还埋有专门用来扎车胎的钉排，就是防范有人随便闯入。除了兴趣十足的探险者，上世纪末开始，盗墓贼也越来越多的把目光聚焦在罗布泊里的历史遗迹上。军方估计是例行巡查，或是发现有大量人员进入楼兰，特来查看一番，此次拍摄是有官方审批文件的，自然不用担心。

盘旋几圈后，直升机从佛塔上空绝尘而去。眼见这般景象，感叹时光变迁。两千年前，张骞出使西域打通丝绸之路，交通一直是最难解决的问题，从长安至西域，走几个月是家常便饭。百年前的斯文·赫定，带着十来人的探险队穿越大漠，穿越罗布泊来到这里，随时可能会遇到断水断粮，或是迷路、沙暴等问题，但他们依旧坚持信念，勇往直前。到现在，交通已如此便利，通讯都不再是问题，我们呢？前人的那份执著与信念的坚定，恐怕是最该延续的。

>>> **逃离罗布泊**

@楼兰

经过在楼兰古城三天的准备，最终用一整天时间完成了《百年发现·世纪穿越》节目的录制。不知为什么，那天发生的事我大多记得不是很清楚，印象深的两件事也都和水有关。第一件是早上开始录制前，刘稷专门给茹仙古丽送来一搪瓷缸水，说是用来洗脸的。穿过罗布进楼兰，已经过去四天，大家都没洗过脸。第二件是沈沣身体状况很不好，也许是饮食问题，也许是过于疲惫，他精神开始有些恍惚。傍晚时分乘人不备，把他带到尤尼莫克车前，从座位下掏出那两瓶藏了四天的纯净水，递给他一瓶。看到有水，沈沣疲惫的脸上泛出一抹笑容——"真有你的，藏这么久愣没说。"

坐在土坡上，两个人吧嗒着沁人心脾的纯净水，看着太阳逐渐从地平线上落下，西部天空还有些暖暖的橙色，映衬在我们脸上，就像《肖申克的救赎》里那群坐在监牢屋顶的囚徒，喝着安迪用自己的机智从狱警那换来的冰啤酒，爽……

最后一场日出戏拍完后，大家分批在佛塔前拍照留念，随后所有活动参与者分两批撤离楼兰。分批撤离估计是因为人员车辆太多，单靠李勇、杜胜利、刘建兵开着三辆尤尼莫克很难保障所有车辆顺利通过"十八公里"路段。进来的时候都灰头土脸，这又在楼兰待了几晚，所有人都疲惫不堪，情绪低落。发生冲突那一晚，刘稷和几位负责人已经作出决定，用卫星电

话通知后方，再派三辆尤尼莫克进罗布泊接应。

拔营起寨，后勤组麻利的拆除帐篷，打包装车。拍完最后一场古装秀的姑娘小伙们回来发现，帐篷没了，但自己的行李都在，还好还好，将就着赶快换装，终于能回家了。眼见"蓝妹妹"还没换装，沈沣大咧咧地趟着土跑过去找人家合影，侧卧跟前，还不忘给自己找补一句——"别看我现在灰头土脸的，到了库尔勒洗洗脸换身衣服，我也是帅哥！"

此刻，大家开始陆续撤离，或者说是逃离，没了进罗布泊时的豪情万丈和目空一切。短短五天的烈日、寒夜与风沙，已让多数人认怂，就想着尽快逃出罗布泊。与来时不同，没了进来时对坐卡车的不屑，车队有些混乱，该上哪辆车也无法确定，三辆尤尼莫克里挤满了人，几位忙碌拍摄两天的新疆摄影师和工作人员躺在车厢里的物资间，浑身是土。伴随着尤尼莫克的前行，车轮还不断卷起尘土，一层一层地落下。大家顾不上这些，能踏实躺着就很满足了。我和沈沣再一次徒步走在"十八公里"的土沟中，时不时回身望望楼兰古城。慢慢的，看不见了三间房，慢慢的，佛塔也隐没在地平线上的红柳包间，没了那千年遗存的痕迹，不知何时还能有机会再来，先保留一份希望。

我们步行速度比车队行进速度还快，不是走着快，而是三辆尤尼莫克此时想把车队拖出"十八公里"的土坑路太勉为其难。欲速则不达，越是轰油门未必就能冲出土坑。终于在日落前，远处地平线上出现烟尘，是那三辆接到指示赶来救援的尤尼莫克，崭新崭新的三辆车。六辆沙漠小怪兽一起努力，终于在天完全黑之前，又拉又拽的把所有越野车带出了"十八公里"路段。

太阳坠落在红柳包与雅丹遍布的地平线后面，气温骤降，我和杨子找来了些枯死的梭梭与红柳，点起一堆篝火。之前和杨子的交集还是在刚出发时麦盖提，他不听劝，执意开车冲红柳包，结果被困在上面，还造成好心推车的沈沣被车轮卷起的沙土差点儿活埋。此刻，他抱来些梭梭堆在篝火上，让火焰更猛烈些，让大家能多一分温暖。火焰带来的热气与沙漠中的冷空气混合，眼前的画面有些模糊。火光也映衬出一张张疲惫的面孔，沈沣、安东、老苏、老尹，还有一位和我们一同走出来的姑娘，忘了她叫什么。

　　为了保证不会有人被遗落在罗布泊，刘稷再次将所有人分组，乘车离开。我和沈沣、老尹上了李哥开的大切，走了没多远就发现有个严重的问题——我们这辆车的两根后减震杆都坏了，只能靠减震弹簧支撑。此时，各辆车的司机都疯了似的玩儿命跑，似乎一下就想跑回库尔勒，但那没有可能，这里是罗布泊。来到龙城雅丹，我们这辆受伤的大切忽悠忽悠，吃力的跟着前车，近了容易追尾，远了根本看不清路况，容易掉队。跟着前车绕来绕去的闷头跑了一个多小时，头车副驾兴奋的用对讲机高喊："我们追上前面走的车队啦！"

　　"什么前面的车队，你在我屁股后面呢！我们这是在雅丹里兜圈子！"

　　李哥抄起对讲机没好气地回了一句。

　　车队停了下来，刘稷决定别在夜里赶路，休息过夜，这样跑下去只是浪费大家的精力和汽油。也就在停车时，杨子发现自己那辆车的后轮被扎，气快漏光了，高速的颠簸中竟然没发现这个问题，乘着休息刚好换胎。

　　由于后减震杆报废，我们没法紧跟车队，于是几个人决定，我们先行出发，连夜走出罗布泊。经得刘稷同意后再次启动，单车驶入罗布泊的暗夜之中。不知道确切的路，老李开车，我在副驾借助车灯盯着地上的车辙痕迹。十一月风少，地上留有一些进来时的车辙印，时断时续的。看车辙的同时，还要注意东南方逐渐升起的猎户座，那可是冬季辨别方向的好帮手。此时很疲惫，但不敢睡着，需要紧盯方向，罗布泊里容不得你犯错，此时又是深夜。

　　走着走着，发现身后有车灯，离着不过二百多米。对方也没有超过我们这伤车的意思，就是跟着，估计也是一辆不认路的车。就这么前后一起走吧，也算有个伴儿。

凌晨时分，老李叫醒有些犯迷糊的我，说这么没头没脑的走实在感觉不靠谱，方向对吗？此时天已蒙蒙亮，金星与残月挂在天边，我也努力地寻找着地平线上一切可以辨认的东西。

"方向没错！您看右前方那土坡上的塔架，来的时候就看到过它。"

晨曦之中，那个进来时曾见过一面的木质塔架影影绰绰的出现在视野里。从这里再往前走三四十公里就能看到库鲁克塔格山，沿着山向东就能上218国道，沿着国道向北，就是库尔勒。

又走了一个多小时，天逐渐亮了，库鲁克塔格山也出现在右前方的地平线上，还能看到已经干枯的孔雀河河道。那里有胡杨，依靠河道下沙土中依然存在的些许水分活着，我们终于逃出了罗布泊。

在218国道边停车休息一下，捯口气儿。身后，跟随我们一夜的那辆车也来到近前，说要不是跟着我们走，真不知该怎么出来。其实，我们也不认路，在罗布泊里，很多情况下没有路的概念，只有方向，还有努力克服困难的勇气。此时，我们的大切几乎没了余油，好在后面那辆车上带了备用油箱，三十升的。司机豪爽的分了我们一半，足够让我们沿着国道跑到前面的加油站。终于回到了现代文明世界，沈沣也可以开心地去洗个澡，华丽转身变回帅哥。

我开心又带着些许失落地离开了罗布泊。此行近一个月，从塔克拉玛干沙漠到期待许久的罗布泊，圆了儿时的梦想，却又让自己的内心更加狂野。这一切只是开始，并非结束，我还要回到这里，期待下一次的见面，罗布泊。

我希望每次出行都安全

但活着，就要绚烂一把

我的生活既是如此……

哈密

>>> 回故乡，走丝绸之路

> 经常有朋友问我，开车走没路的无人区不担心吗？不危险吗？我的回答也大多一致：无人区里开车虽然有风险，但个人觉得比高速路上安全；危险在生活中随时与你相伴，在城里就安全吗？在家里就安全吗？人只是为了安全活着而活着吗？
>
> 我希望每次出行都安全，但活着，就要绚烂一把，我的生活既是如此……

2001年，穿过罗布进楼兰，一段荡气回肠的旅行。随后数载，忙于工作、生存，逐渐淡忘了那段激情澎湃的往事。或者说沉浸于大多数"北漂"面对的生活方式与状态，将自己的爱好与"野性"封闭起来。直到2008年，因"5·12"地震，前往受灾最严重的绵阳北川县、什邡红白镇等地，面对生死、转念自身。爱好天文，如今却年复一年待在城市的灯光与雾霾中；喜欢旷野，现在已被困于京城的车流及楼宇间。

回到北京后，重启曾经的兴趣爱好，一有机会就开始自驾旅行。短短几年间，走过进藏七条线，走过抗战大动脉滇缅公路，也走过黑戈壁、可可西里无人区。当然，少不了重回罗布泊。

经常有朋友问我，开车走没路的无人区不担心吗？不危险吗？我的回答也大多一致：无人区里开车虽然有风险，但个人觉得比高速路上安全；危险在生活中随时与你相伴，在城里就安全吗？在家里就安全吗？人只是为了安全活着而活着吗？

我希望每次出行都安全，但活着，就要绚烂一把，我的生

活既是如此……

随着丝绸之路的升温，约了志同道合的同事王成，请假半月，来一次说走就走的旅行。沿丝绸之路天山北道，从巴里坤向西，经七角井镇再穿天山向南，去天山南道的大海道，转一个东天山丝绸之路小环线。

天山——东西长2500余公里，西起中哈边境，东至我国新疆哈密地区。天山最东端，就像一个楔子突入黑戈壁荒漠中，千百年前，丝绸之路的商队在这里分走南北两侧。天山北麓雨水充沛，森林草原连绵不断，但道路在不同的历史时期也会因战争中断。那样，商队只能转向天山南侧，通过千里黄沙间因洪水、风沙冲蚀而成的时断时续道路前行，那里就是大海道。

天山北麓，从小就常去，工作后更是乘着暑假、寒假，经常骑山地车或徒步翻越天山。二十世纪九十年代初，这种旅行方式也才刚刚起步，那时最有名的徒步者叫余纯顺，满脸大胡子，因家庭不顺而走上徒步中国的道路。最终，在徒步穿越罗布泊的过程中遇难，永远留在了距离湖心不远的一处盐碱丘下。

天山南侧，有曾经远望但未曾深入过的丝路古道——大海道。儿时坐火车从哈密到乌鲁木齐，听乘务员说，铁路以南几十公里处那片隐约可见的雅丹，实际极其壮观，但中间并没有道路相连。那时就记住了路过的小站，叫了墩，寻思着以后有机会要徒步走去看看。

天山道的丝绸之路与罗布泊的丝绸之路并行，使用的时期不同。早期的丝绸之路主要是依靠罗布泊周边的道路，直至楼兰的消逝。现在，楼兰的衰亡原因依旧没有定论。有说因为公元五世纪后的战乱，中原王朝自身衰败无力控制；有说因为生态恶化，上游河道改道，干旱、缺水，人们不得不放弃楼兰；还有观点认为，楼兰消失与丝绸之路北道的开辟有关，哈密（伊吾）至吐鲁番的丝绸之路北道开通后，经过楼兰的丝绸之路沙漠古道被废弃，楼兰也随之失去了往日的光辉。

在丝绸之路北线，东天山北侧的第一个重镇是巴里坤，蒙古语意思是"老虎的前爪"。巴里坤古称蒲类国，西汉神爵三年（前59年）属西域都护府管辖，后成为匈奴游牧地，东汉时期再属西域都护府管辖，后又归属匈奴。唐贞观十四年（640年）建蒲类县；宋代属伊州；清康熙三十六年（1697年）改名为巴里坤；乾隆三十八年（1773年）设镇西府；1954年恢复巴里坤县名，成立巴里坤哈萨克自治县。

巴里坤草原自古以来就是多民族繁衍生息的地方，古代民族有塞种人、呼揭、乌孙、匈奴、高车、柔然、突厥等，他们都曾在巴里坤活跃。尤其是蒙古、汉、满、回、哈萨克等民族长期在巴里坤居住，而湖边的天然草场长期以来一直为居民的牲畜提供优质牧草。

巴里坤湖在史书中被称作"蒲类海"，武侠小说《七剑下天山》中，是"天山神芒"凌未风的练剑之地。这个地处东天山北麓的"海"，面积最大时达800多平方公里。岁月变迁，随着降雨的减少，加之人类活动的影响，到二十世纪八十年代，巴里坤湖的湖水面积已经萎缩到140平方公里，现在湖水面积在百平方公里左右，并还在连年萎缩。

巴里坤湖的历史，与东汉名将班超联系甚密。永平十六年（公元73年）二月，东汉军队分四路出击匈奴。从战略上看，这是一次浩大的进攻行动，但在实际展开后，却没有收到预想的效果。四路大军中，只有窦固的这一路打了胜仗，他的副将班超击败了巴里坤的匈奴呼衍部，斩首千余，一战成名。班超将匈奴逐到巴里坤湖以北的戈壁地带去之后，就完全控制了水草丰美的湖畔草原，并且扼守了交通的要道。现位于巴里坤湖以东18公里的大河唐城遗址，曾经紧贴湖水，是为当年屯垦戍边所建，当年驻军三千，戍边同时屯垦。如今湖水逐渐干涸退却，古城也离之越来越远。但这里，依旧是天山北麓百姓的重要粮食产区。

每年7月末8月初，巴里坤草原上会有两万多位哈萨克族牧民来此聚会，牧民们从数十公里外的山中举家搬至这里，支起帐篷，架起灶台，在赛马、赛驴、摔跤、姑娘追等传统民族体育活动中度过一周的"集体生活"。这里的哈萨克族大都从阿勒泰迁入，由于长期从事牧业生产，巴里坤县哈萨克族的衣食住行也都保留着游牧生活的特点。牧民们平日散居于深山之中，因此，这样的盛会同时也成为大家采购、交换日常生活用品的最佳时机。一个方圆两三平公里，颇为壮观的临时集市，便在策马扬鞭荡起的尘埃中欢乐开幕。

午后，我们来到巴里坤湖畔，牧民托乎提拜带着儿子叶西木拜和哈斯帖尔放羊，并用手中的钐镰清理头一年没有清理干净的牧草。托乎提拜今年五十岁，带着家人养着两百多只羊，以此作为一家人的生活来源。用钐镰等传统工具打草虽然辛苦，但这已经是自己生活中的一部分。牧民们用的钐镰有半米多长，从东欧传入，被牧民广泛使用。每年六七月才开始下雨，到了八月开始打草，如果雨水好，那时牧草能长40公分高。

喝点奶茶吃点馕，托乎提拜一家人在阳光下小憩，晚上会赶着羊群回到位于萨尔乔克的家中。

萨尔乔克是位于巴里坤湖以西十多公里的偏远乡镇，蒙古语为"初升阳光照耀的地方"，相传这个名字是成吉思汗西征时留下的，这里曾经是丝绸之路北道的重要补给点。萨尔乔克乡里基本都是哈萨克族，乡中心有个土杂店，是这里最大的商业点。土杂店门前有座文革时期的像塔，上面有毛主席像和毛主席语录，侧面还留有林彪的画像。林彪的像不是很清楚，据村民说，上面的黄色图层实际是油漆。当年林彪殒命蒙古温都尔汗后，地方领导命人用黄油漆把他的像涂了。但风吹日晒数十年，这像又逐渐显现出来。由于远离都市，这座包涵历史印记的像塔得以保存。

入夜前，一位牧民骑着马赶着羊群，晃晃悠悠的来到土杂店前，下马进门，来一杯散装白酒，然后继续上马前行。牧民赶着羊群在一座烽燧下走过，两公里外还有一座烽燧，再往远处看，还有。这些烽燧是丝绸之路古道的印记，引导着商队前行，提醒驻军敌人的临近。如今，一个个记录着沧桑往事的烽燧，依旧挺立在路边，对有兴趣了解丝绸古道历史的人们，讲述曾经的光辉往事。

哈密

>>> 七角井与了墩，两位守望者

> 张培生打算和老伴儿冬天搬去哈密住，春天回到七角井。他的条件完全可以迁回北京，但老爷子对这事并不在意，毕竟离开京城已有半个世纪，太久，早已不习惯。
>
> "哪里的黄土不埋人，算了……"

离开巴里坤，我们沿303省道往西走一百来公里，再从下涝坝乡向南走238省道穿过天山，经七角井到天山南侧312国道边的了墩站下戈壁，进入被称为"大海道"的丝绸之路天山南道。

因为当时主要交通运输都集中在天山南侧的国道312线，天山北侧从巴里坤经木垒、吉木萨尔县到乌鲁木齐的省道303县很少有人过往。而在千年之前，这里是丝绸之路的重要路段，曾经的北庭都护府就在这里往西二百多公里的地方。

历史上的七角井可是交通要道，到了二十世纪八十年代，兴旺的盐化总厂是纳税大户，常住人口过万。可是，如今的七角井一片荒芜，原本热闹的盐化总厂基本是人去厂空。车胎碾压着被炙热阳光烘烤，已经有些融化的柏油路面，发出吱吱吱的声音。停下车，融化的柏油又以肉眼无法看出的速度，一点点的渗透进汽车轮胎的橡胶中。此刻，能听到的只是风掠过废弃房屋的声音，卷起尘土打着卷儿，又一路跑过。

路边有扇门虚掩着，门口写着"商店"二字，敲敲门，再敲一敲，有位满脸沧桑的老人走了过来，一口京腔的问："您是要买东西吗?"。

　　老人叫张培生，1966年从北京支边来到新疆，先是到吐鲁番艾丁湖农场，四年后来到七角井镇。当过工人、做过老师，十多年前在这里退休。屋外的阳光很是刺眼，张培生在屋里静静待着，除了老伴儿，平时也没有说话的人。小商店里有几条烟、几罐"红牛"、几瓶酒，还有一些做饭用的调味品，已是风干的口香糖没有一丝韧性。全厂现在不过还有十来户人，一天到晚也不会有什么顾客。

　　汉唐时期，七角井是丝绸之路贯通天山南北的必经之路，也是其间一个重要驿站。这里地势险要，是甘新要道的第二道咽喉，历来就是兵家必争的一块要地。这里的烽燧和以西吐鲁番的烽燧、以东哈密了墩、一碗泉等烽燧蜿蜒不绝。四十平方公里的盐区曾经是盛产湖盐及元明粉、芒硝的宝地，清代乾隆年间，这里储量丰富的盐开始供应西域。1962年，兵团农五师、农六师后勤部、建工师后勤部、兵团哈密管理局纷纷来到这里开发盐田，荒芜的七角井盐田由此揭开了大规模生产的序幕。20世纪80年代，这儿人口最多时有近万人。

　　据哈密地区交通志记载，1978年开始，国道312线进行全面改建，车辖辘泉至鄯善改道南移，避开七角井、东西盐池山岭重丘区地段。从此，七角井便失去了它特有的地理位置优势，也注定了它的荒芜。20世纪90年代中期，全体搬迁政策给了这个至今没有通电的老镇一个历史性转折，很多人搬进距哈密20公里左右的七角井镇开发区。由于还有大货车路过此地，能让路口少量的机修铺和小饭馆勉强维持经营。

　　如今，除了十多位守护盐场的工作人员外，只有个别几个依旧开张的饭馆、机修铺与张培生坚守。张培生打算和老伴儿冬天搬去哈密住，春天回到七角井。他的条件完全可以迁回北京，但老爷子对这事并不在意，毕竟离开京城已有半个世纪，太久，早已不习惯。

　　"哪里的黄土不埋人，算了……"

　　告别张培生老人，我们驱车穿过干涸废弃的盐田，前往天山南侧的了墩。这处山口是丝绸之路连接天山南北线的通道，也是大风的通道，人们常说这里

一年只刮一场风，一场刮365天。特别是春季，大风挤压着从山口奔涌而出，扑向天山南侧的吐鲁番至哈密的盆地，因此也让山南的盆地边缘处形成一条洪水与风沙打造出的通道——大海道。

行至G30连霍高速了墩休息站休息，这是处极其简陋的高速路休息站。不过是路边一处空地，有一间修车铺，两家小饭馆。可从这里下路基往北侧，没几百米就能看到有一处烽燧，旁边还有一片小绿洲。这烽燧定然是丝绸之路上的遗存，得去看看。

烽燧前有一排小房子，见有人来，一位中年男子从里面走出来，他是烽燧文保员，叫买买提·艾力。

买买提·艾力说，他守护这座历经千年沧桑历史的烽燧已有十来个年头。烽燧在多个朝代修建并加固过，底下是唐代的，往上有清代、民国加固的痕迹。现在虽然没有当年防御的作用，但该尽可能保护好，让它们在这多存留些年，这是丝绸之路的痕迹。

哈密是新疆烽燧保存最多的地区，现存留唐代、清代的烽燧51座。了墩烽燧是丝绸之路了墩驿站的一部分，整个驿站保存基本完好，大门两侧有着百年历史的古树依旧生机无限。每天，买买提·艾力都会到烽燧巡查，除了慕名来此的游客外，随时要提防盗墓者的出现。

哈密自古以来就是西域门户，史称"中华拱卫、西域襟喉"。丝绸之路汉代新北道和唐代中道分别经过哈密天山南北，沿途设烽燧、驿站。汉王朝与匈奴多次激烈争夺伊吾（哈密），汉军开通由玉门关经河西走廊，或经居延海（额济纳旗）进入哈密天山南北的道路，史称伊吾路。到了清代，这一带的道路更被重视，《新疆图志》清楚的记载着哈密南路经过的地

名与里程，其中头堡、三堡、三道岭、了墩、一碗泉、车轱辘泉、七角井、梧桐窝驿，为当时哈密著名的西八站，而了墩更是哈密南路与向西北延伸的小南路路口。

2001年，作为林业局员工的买买提·艾力来到这里，同时又成为文物局的兼职文管员，守护着那座烽燧以及周边的驿站遗迹。自从来到这里，买买提就时不常的与盗墓者斗智斗勇，风险也随时伴随着他。但有时也会有一些特殊的拜访者前来，让他感受到这些丝绸之路上的遗迹对于这里的历史有多重要。闲暇之余，买买提·艾力喜欢研究烽燧与驿站的建筑构造与用料，也是为自己增加更多的知识储备。

买买提·艾力说，除了文物工作者以外，有时候还会有一些外国人，拿着很早以前的书和地图找到这里。说是祖辈曾经沿丝绸之路走过这里，在烽燧边扎营住两天，然后沿着古道继续前行。

接触的人多了，买买提·艾力对烽燧的历史了解得更多，感情也更深厚，虽然这里时常是大风与寂寞相伴，但守护这些遗迹已是他生命中极为重要的一部分。买买提·艾力养着数十匹马和四峰骆驼，不为赚钱，只是想保留一份传统。身后，曾经的丝绸之路已经化身为高速公路，连贯东西。

>>> 遇老友，相约再进罗布泊

择日不如撞日，与刘英智约定两天后在乌鲁木齐汇合，再次走进罗布泊。这次与十年前那次不同，不再是三十多辆车的大部队行进，不再是从铁干里克进入楼兰后就返回，而是从那里一直向东，过楼兰、过湖心后继续向东偏北，前往敦煌。这将是一次完整的罗布泊穿越，经历戈壁、沙漠、雅丹、盐碱滩等所有罗布泊地貌前行。走这一趟，值。

从了墩火车站向南，不再有路，只能沿着天山洪水冲击河谷继续向前。河谷里，看不清前面是否通畅，只能一点点的往前挪，万一遇到深沟，就退回来换个位置继续向前。鹅卵石滩与细沙河沟相互交错，我们以时速不到十五公里的速度前行，但不会试图在河谷外走，因为河谷里虽然很颠簸，却不会像外侧戈壁那样容易陷车，况且只要沿着河谷前行，一定能到我们的目的地——大海道。

"大海道。右道出柳中县，东南向沙洲（今敦煌）一千三百六十里。常流沙，人行迷误，有泉井咸苦，无草。行旅负水担粮，履践沙石，往来困弊。"

大海道是古代敦煌-吐鲁番之间最近的一条道路，它的开通和使用始于汉代，敦煌文书唐代《西州图经》残卷中有这般记载，丝绸之路南道的大海道也因此得名。

千百年前，从敦煌沿天山南道至高昌，距离只有500公里左右，比绕道天山北麓的伊吾路要近一半。尽管大海道这条路险恶异常，基本都是连绵沙漠与荒芜雅丹，少有生命迹象，但

天山北道在汉唐时期乃至其后千年并不太平，因此常有僧侣、商队或是急行的军队走在这条艰险道路上。史籍中记载，北魏时柔然曾几次占据伊吾，隋时突厥进犯，控制伊吾路，大海道无疑成为当时重要的道路，成为沟通中西方文明的通道。唐代以后，官方的使用逐渐停止，大海道也淡出人们的视野，成为停留于历史记忆中的丝绸之路古道。

由于时间有限，我们决定只走大海道的核心区域，从了墩往西到三道岭或者五堡，这一带的雅丹地貌最为壮观，大海道的"道"也感觉最清晰。早在十几年前，五堡乡一带的魔鬼城就已开发成旅游区，但更为壮观的大海道还暂未开发。

行进了四十多公里后穿出干涸的河床，前方变得开阔。开阔的不是戈壁，而是更开阔的河谷，两侧是高耸的风蚀雅丹地貌，的确像是魔鬼的城堡。

拐过一片沙地，车头开始向东，一处煤矿勘探点出现在眼前的雅丹之下，完成既定任务的三位工人准备收工。在这片荒芜之地，他们成了较常住的"居民"，每个点要驻守两三个月。这里是了墩煤矿的勘探点，大海道里煤矿、铜矿很多，各点之间都用推土机推出了简易道路。除他们之外，还有一些对大海道好奇的旅行者，或是摄影爱好者闯进这里。经过千年沉寂，大海道又逐渐有了生机。

在西部大开发的形势下，大海道丰富的矿产、旅游资源，对吐鲁番、哈密和敦煌间的经济发展，均具有潜在的战略价值。如今，位于大海道中部的哈密五堡乡魔鬼城旅游区已成为新疆东部旅游的一个热点，哪怕燥热多风的五月，依旧有不少游客来感受大海道的沧桑变幻。

此刻，阳光已不再那么刺眼，我扒着早被阳光与风沙吹蚀成齑粉的沉积岩爬上一片雅丹顶端，然后远远地挥手，让搭档开车从峡谷间穿过，举起相机，记录下这好似穿越历史的场景。

黄昏的阳光逐渐变成暖色，越来越暖，但风依旧没有停。徒步向西偏南的方向，将近一公里后回身，一轮满月刚好从同伴和车前升起。人在月中，很西部、很苍凉。此时不用担心天黑找不到扎营地，这轮明月足以照亮大海道间的每一片雅丹。

大海道到处是沟壑，不缺少扎营地，只是需要寻找相对平坦、土质松软而且背风的地方。风总是不停，干脆在一处山坳停车，将行李堵在车轮间，让车身帮助挡风，在车后支起帐篷。月光下，煮面吃晚饭，但此时发现一天下来饮用水消耗有些大，饭后泡茶聊天的计划只好作罢。

午夜时分，明晃晃的月光将大海道照的通亮，不用任何其他辅助照明设备都可以看清周围的一切。此刻，身处这千年古道之中，睡意全无，爬出风卷着细沙不断推搡着的帐篷，躺在沙地上仰望星空。虽然在月光的影响下看不清银河，但眼前是逐渐从地平线升起的猎户座。月光下发了两小时呆，还是告诉自己需要睡觉，明天还有一百多公里的戈壁路，况且，这么醒着发呆也会对喝水有着更强烈的渴望。

黎明，再次醒来，这是大海道一天中最凉爽的时间，阳光直射出地平线之前，折射而来的光线是玫瑰色的，带着一些紫。收起帐篷装好行李，我们继续驱车前行，沙土间有明显的车辙印，多是各矿点间穿行车辆留下的。上午十点，天气已经变得燥热，突然发现远处因蒸腾作用形成的"海市蜃楼"间似乎有几个人影。来到近前，发现是几位旅行者，意外的是，领队还是老熟人，二十年前在哈密上师范时就认识的老友——刘英智。

刘英智是个很执著的人，也可以说是个很"轴"的家伙，除了画画，他对户外旅行极其热衷。十年前，离开哈密到乌鲁木齐上学，然后就留在了那里，现在的主要工作是带队做罗布泊穿越、昆仑山探寻等深度旅行。工作之余，还义务帮忙在罗布泊寻找失踪者。去昆仑山，就为那里的牧民送去城里热心人寄来的物资。

　　刘英智说，带完这个大海道团队，他要带队穿越罗布泊，问我们是否有兴趣同行——那还用说，当然有兴趣了！择日不如撞日，与刘英智约定两天后在乌鲁木齐汇合，再次走进罗布泊。这次与十年前那次不同，不再是三十多辆车的大部队行进，不再是从铁干里克进入楼兰后就返回，而是从那里一直向东，过楼兰、过湖心后继续向东偏北，前往敦煌。这将是一次完整的罗布泊穿越，经历戈壁、沙漠、雅丹、盐碱滩等所有罗布泊地貌前行。走这一趟，值。

　　告别刘英智，我们左转向北，向着天山前行。前方也许是三道岭，也许是五堡乡，不能确定。但必然是312国道，我们可以离开被黄沙掩埋的传奇之路，回到现代文明的世界中。

　　随着太阳升高，远处地平线被灼烤的忽忽悠悠，形成一层海市蜃楼。隐约可以看到有一道墙，像是城墙，但又太长，横跨地平线的东西——是兰新铁路。过去乘火车往来于哈密和乌鲁木齐，就是靠这条铁路完成，坐着绿皮火车，摇摇晃晃十多小时，才能走完六百公里路。据说这里以后要修高铁，从哈密到乌鲁木齐只需三小时，那将是何等速度。如果到北京的高铁路线贯通，从乌鲁木齐乘火车到北京也就一天内的事。届时，一条新的高速丝绸之路也将横亘中国西部。

　　到了那时，大海道也不会继续荒芜，在如今这个经济高速发展的时代，拥有着诸多传奇色彩的大海道，无疑是都市人探险旅行的好去处，它会继续为后人讲述，丝绸古道上那延续千年的传奇故事。

>>> 铁干里克，挑战大沙丘受挫

铁干里克。

> 驱车穿过三十四团团部径直向东，我们走向罗布泊。刚到白杨小道尽头的林业检查站，心里就咯噔一下——眼前，连绵的沙丘已将前往罗布泊的道路掩埋。刚一出发就遇挑战——罗布泊沙丘发出的挑战。

三天，按时到达与刘英智约定的酒店，就等人员齐整，第二天直奔罗布泊。这次不同于十多年前沿斯文·赫定之路的探访，没有后勤保障，没有无人区怪兽"尤尼莫克"的支援。此行只有两辆丰田4500，外加一辆江铃皮卡，况且，这次不只是到楼兰，而是预期六天，自西向东横跨五百多公里无人区的穿越。从铁干里克出发，过营盘古城、太阳墓、前进桥、龙城雅丹、楼兰保护站、余纯顺墓，然后到罗布泊湖心。随之再向东到罗布泊镇、野骆驼峡谷、彭加木失踪地，最后翻越库木塔格沙漠抵达敦煌。

司机梁波和许峰是数十次进出罗布泊的"老油条"，对于这里的地形、地貌，以及车况把握有着非同寻常的经验。罗布泊地形复杂，如果经验不足，即使带有GPS等高科技产品，想把车开过沙漠、戈壁、峡谷、盐碱滩交织分布的无人区，基本也是枉然。因而，引路者多是刘英智这类，熟悉每一种地貌位置的领队，还有梁波、许峰这些清楚如何在复杂环境中开车找路、前行的罗布泊的老司机。

除了这三位"老炮儿"，团队其他几位成员是头次进罗布

泊的新人。来自四川的朱靖，浙江小姑娘"蛋蛋"，东北老哥"胡子"，还有一位是广东大叔"汤姆"。大家来自五湖四海，性格迥然，但至少有两点共同之处，一是喜欢户外，二是对罗布泊有着无限的向往。

川妹子朱靖在航空公司工作，一有闲暇就约着朋友到处旅行，她说好歹是四川人，路上做饭就由她承担。"蛋蛋"还在上大学，这个绰号是同学起的，说好记，一路就这么称呼。"汤姆"大叔最年长，已退休的他想体验一把无人区穿越的激情，于是找到刘英智，表示无论如何要带上他这位老同志。"胡子"大哥留着胡子，还扎一小辫，第一次见面发现他背着专业摄影包，还拖着一拉杆箱。问为啥走无人区还带一拉杆箱，"胡子"说，这不有越野车嘛。回身和王成嘀咕，这到了罗布泊，随时有可能陷车，带拉杆箱可有好看的时候。

两位司机也是性格分明，许峰是瘦高个，见面就感觉他很眼熟，细聊，得知他也参与了十年前那次"百年发现·世纪穿越"的录制活动，不就是拉着模特妹妹的那位司机嘛！

那一次，许峰还是罗布泊"菜鸟"，开着一辆老款"陆巡"，在"十八公里"路段缓慢前行，时常需要让"尤尼莫克"帮忙拖出土坑。十年后，许峰已晋升为罗布泊"老油条"，经常在罗布泊探险队中出任头车司机。梁波身型略胖，说大家叫他梁波、胖子或者梁师傅都行。梁波没有参与那次拍摄活动，但他的弟弟是当时活动中的向导。最后一晚，我们单车离开罗布泊，其他的车辆在龙城雅丹跑散，正是他弟弟敛齐了所有车辆，并把大家带出困境。

在尉犁县，司机小彭开着皮卡车，拉着给养物资加入队伍。他只有二十来岁，之前开车最远也就离家走过300多公里，去若羌。这次是替皮卡车主开车，虽然每天只有一百块的收入，但他就想见识一下罗布泊。再说，又有两位前辈照应，怕啥呀。

沿着新修的218国道向南，当年的黄砖路基本没了踪迹。新路是刨掉当年的老路建的，只留下两公里的砖路当文物，也算是历史见证。路边，塔里木河河水冲出河道，肆意奔跑，还好没遇到当年冲毁路基的问题。沿途有不少水泵在河中抽水，灌溉农田，天空，偶尔有海鸥飞过。看到海鸥，朱靖感觉很奇怪，这干旱地区哪来的海鸥。其实，我们即将抵达的三十四团团部，也就是铁干里克，道路西侧就是大西海子水库，那可是塔里木河沿岸最大的水库。

塔里木河是中国第一大内陆河，上游是由阿克苏河、叶尔羌河、和田河三条水源河汇聚而成，它们在阿瓦提县肖夹克附近汇合，其后称塔里木河。清朝后期，塔里木河在上游、中游有五条支流，还有喀什噶尔河和渭干河。后因灌溉面积扩大，源流引水干渠增至563条，支渠1887条，灌溉农田面积60.1万平方公里（据《新疆图表》统计）。人工渠增多，引水量增加，渭干河在二十世纪五十年代就无法流进塔里木河。上游三条水源的灌溉面积由1949年的35.1万平方公里，扩大到1995年的77.7万平方公里，年引水量达148亿立方米，占总流量的75.5%。无度开发，使得叶尔羌河从二十世纪八十年代以后，再无水补给塔里木河。和田河季节断流时间更长，阿克苏河只有在洪水期有水下泄，枯水期全部通过塔里木河拦河闸引入阿拉尔灌区。就算到了洪水期，塔里木河也只能流到三十四团附近的大西海子水库，再往下，只剩320公里的干涸河道。

一个世纪前，塔里木河河水不断流入罗布泊，那里曾经芦苇密布、湖水荡漾，打上条一米长的大鱼不在话下。如今，罗布泊已经干涸很多年，植被消失，风沙肆虐。直到本世纪初，塔里木河上游水库季节性放水，这才让下游的河道重新焕发生机，英苏等沿河村落的村民也能回到曾经的家园，再往南的喀喇珂珊湖也逐步恢复原貌。

一路向南，过三十一团、三十二团，来到三十四团团部——铁干里克。十年前进楼兰时，这里是最后的休整地。路边的那家烤肉摊还在，房子修得更好了，一位年轻人照应着生意，就是十年前我们吃烤肉时，帮爸妈干活的那个小男孩儿，如今他已成为家中的顶梁柱。因为道路畅通，过往的司机、游客更多，他家的生意也越来越好。

驱车穿过三十四团团部径直向东，我们走向罗布泊。刚到白杨小道尽头的林业检查站，心里就咯噔一下——眼前，连绵的沙丘已将前往罗布泊的道路掩埋。刚一出发就遇挑战——罗布泊沙丘发出的挑战。

从检查站往里开了不过一公里，就耗去两小时时间，在一处沙坡下，小彭开着皮卡遭遇严重陷车。简单的推车，"4500"的拖拽已经无法解决问题，只好下车挖沙。沙地上一下脚，大家就意识到问题的严重性，这里的沙土极其松软，直接能没到脚脖子。皮卡车装满了各种给养，车身很重，自然更容易陷车。

"兄弟呀，这么重的车，你还把气打这么饱，哪过得去呀，先给车胎放些气再说。"

由于小彭对车辆不熟悉，加之从没走过这样的路，遇到麻烦不足为怪。许峰和梁波是经验丰富的老司机，见此情形，也尽可能心平气和的帮小彭解决问题，增加经验，毕竟谁都曾经当过新手。只是刚出发就开始陷车，让大家多少有些担心，担心后面的路能否应对。

前方有段二百多米长的道路完全被沙子掩埋，许峰开着先头车探路，其他人帮小彭在皮卡车下垫树枝、挖沙、推车，尽可能脱困。梁波第一个上，轮圆双臂，挖担住皮卡底盘的沙子。此时注意到梁波的袖套，一粗犷大老爷们带的是美羊羊袖套，甚是可爱。

一群人忙得不可开交时，有条二十多厘米长的沙漠蜥蜴在旁边跑过，撇眼看看我们这些在沙漠里折腾的人，顺势爬进一片骆驼刺中。人家可是生活在沙漠里的，不会遇到我们这种被困的境地。此刻，几位铁干里克的居民骑摩托路过，他们说，过了这二百多米的沙丘就好了，但沙土极其松，皮卡车没有可能通过。从此前行六七公里就是营盘古城，那是我们的第一个露营地，但眼下被这二百米的沙丘拦住去路。

眼见皮卡车无法通过，刘英智与许峰、梁波凑一起商量，决定原路返回。退至三十二团绕行进入罗布泊。那段路很烂，来回还要多走一百多公里，但至少皮卡可以勉强通行。

刚出发就遇到挫折，我们臊眉耷眼地掉头回到三十二团，再次离开大路进入罗布泊。这里的道路没有沙丘，但布满浮土的大坑，有些像进楼兰时的"十八公里"，但整体路况要好很多。左侧远方是库鲁克塔格山脉，十年前我们就是顺着它向东，这一次还是，只不过又向它靠近了一些。烂路中，小彭努力提高着自己的车技，何时要缓，何时给油，何时需要"刷锅"上坡。

傍晚时分，断后的胖子用对讲机告知，自己也不小心陷车。并连声说：大意了！大意了！人家小彭开皮卡都过去了。

多走了几小时，多绕了一百多公里，我们在距离营盘古城四公里处扎营。常走罗布泊的人有个习惯，不走夜路，倒不是他们不认路，而是没必要非晚上赶那几公里。安排停当，刘英智在皮卡车上卸下煤气罐和炊具、蔬菜。借着头灯的亮光，朱靖为大家准备晚饭，虽然四川姑娘做饭不是问题，但在荒漠之中借助头灯做饭，这还是头一次。一天下来，大家都有些疲惫，还得各自扎帐篷。朱靖忙着做饭，我和王成负责帮她扎帐篷。梁波带了帐篷，却忘记带帐篷支架，只能在车里睡。许峰压根没带帐篷，他就习惯睡车里，睡袋是十年前我们一起进楼兰时统一发的，还在用着。

半小时后，大家依靠头灯和营地灯围在一起吃饭，西红柿鸡蛋面，还有凉拌黄瓜。条件简陋，但大家感觉这样已经很不错，虽然吃面还就着尘土。这就是罗布泊，罗布泊中正常的一顿晚餐。

夜色渐深，此起彼伏的呼噜声，从周围的车里、帐篷中传出，响彻罗布泊。我一时睡不着，对王成说，多少还是担心小彭，明天的路况只会更艰难，担心小彭和皮卡熬不过第二天。

> > > 营盘古城，回溯绝地重生

前进桥

刘英智带队沿孔雀河河道进入罗布泊前往前进桥，在营盘古城附近，无意间看到，远处的雅丹沟里有一个人，一个活人！正冲着他们无力地挥着胳膊，明显是希望引起他们的注意。在罗布泊见到遗骸正常，但发现个求救的活人真算是奇迹。求救者是个二十来岁的小伙子，破烂的衣服上沾满血迹，左手手腕用扯碎的衣服包扎着，渗出血迹斑斑。

　　第二天清晨，大家收拾帐篷睡袋继续出发，前方四公里外就是营盘古城。十年前路过，但没能有机会近瞻，这回可不能再错过。

　　营盘古城背靠库鲁克山，面对塔克拉玛干大沙漠，东接龙城雅丹奇观，西连塔里木绿色走廊，被历史学家称为"第二楼兰"。据称，这里是西域三十六国之一的山国都城，身处孔雀河沿岸的地理位置，自然也让这里成为丝绸之路的重要驿站。营盘古城的奇妙之处在于它是一座圆城，直径350多米，面积9.5万平方米，城墙有东、西、北三座城门，夯土干打垒的城墙，厚度约5米。

　　1900年3月，斯文·赫定曾经路过营盘古城，当时他对遗址进行拍照、测量，测得营盘古城的佛塔高26英尺，底座周长102英尺。随后，他带领探险队继续向罗布泊前行，并发现了楼兰古城。数年后，斯坦因曾在这里挖掘出汉字木简，以及其他文字合璧的木简和中国古钱币。1989年10月，巴州文管所曾挖掘出土了木器、刀箭、针线、地毡等大量文物。1995年，文物部门又在此挖掘出了彩棺等价值连城的历史文物。

古城遗址就在土路边，一下车就看到一块被铁丝网层层保护的石碑，上面写着"营盘古城遗址"。大家有些奇怪，遗址都没这样围铁丝网，为什么对石碑保护如此严密，这只是竖起十来年的石碑呀。

古城中间，那座圆形基座的佛塔巍然矗立，这是营盘古城的标志，也是中心位置。"汤姆"说，来罗布泊前家里人交待，遇到佛塔要围着转三圈。可是，该顺时针转，还是逆时针转？刘英智说顺时针转，许峰说应该逆时针转，梁波则来了一句，先顺时针三圈再逆时针三圈不就得了，又没多累。

"汤姆"围着佛塔，口中念念有词地转着。临了，王成下了定论，藏传佛教讲究顺时针转，苯教则是逆时针转，你又不是教徒，想怎么转就怎么转。

古城遗址东侧，有几座墓穴已被挖开，整胡杨木做的棺材扔在坡下。近些年来，随着交通工具越发先进，盗墓者也更容易闯进罗布泊。下到一处墓穴中查看，突然发现一个鬼魅的小身影——草鳖子。出发前，在罗布泊红十井金矿工作过的老友韩照举曾告诫，一定要注意红柳丛或一些坑洼地带，里面常有草鳖子，特别是在有水源地域的红柳丛。草鳖子是蜱虫的一种，身体直径约5毫米，腿长有力，爬得很快。一旦感知有人或其他动物靠近，很快就能顺着震动而来，甚至是成群围上来。如果不慎让其得手，它会把嘴和头扎入人或动物的皮肤吸血，一天内，韧性极强的身体可膨胀到直径两厘米左右。人被咬了还不能直接拔，否则头和嘴容易断在皮肤里，那可就麻烦大了。有的草鳖子还带有塔里木出血热病毒，遇上就更麻烦。一旦被咬，只有拿鞋底狠抽，或用烟头烫，才能逼迫草鳖子将头和嘴从皮肤里退出来。还好，发现得早，看样子后面还要提起精神，特别是扎营的时候。

距营盘古城不远有处检查站，几位维吾尔族护理员在此居住。前行的小道上拉着一根铁索，小道是从尉犁方向进入罗布泊的必经之路。刘英智说，他与护理员很熟，通关不是问题。

2009年初，鄯善有位牧民进入罗布泊后失踪，半年后，失踪者的哥哥得知，有人在前进桥附近见到一具遗骸。随后他找到熟悉罗布泊的刘英智，希望

能帮忙前去寻找。刘英智带队沿孔雀河河道进入罗布泊前往前进桥，在营盘古城附近，无意间看到，远处的雅丹沟里有一个人，一个活人！正冲着他们无力地挥着胳膊，明显是希望引起他们的注意。在罗布泊见到遗骸正常，但发现个求救的活人真算是奇迹。求救者是个二十来岁的小伙子，破烂的衣服上沾满血迹，左手手腕用扯碎的衣服包扎着，渗出血迹斑斑。

因为要继续去前进桥寻找失踪者，刘英智给严重脱水的小伙子留下10瓶矿泉水，然后继续向沙漠纵深地带挺进。走了十多公里，过检查站进罗布泊，但最终，他们还是无功而返。回程时，刘英智去营盘古城找求救的小伙子，先把他带到检查站，找那里的护理员帮忙，清理、包扎伤口，随后带他返回乌鲁木齐。

一路上，小伙子始终不说话，交流成了让刘英智最头疼的问题。到达乌鲁木齐刘英智的住所，两人交流逐渐增多，小伙子也最终吐露实情，他是湖南湘潭人，来罗布泊就是寻短见，打算死也要死在传奇的罗布泊。离家出走的他辗转乘车到尉犁，备了10瓶矿泉水和一些食物，沿孔雀河向东徒步进入罗布泊。由于天气炎热，白天躲在沙窝内，保存体力，夜晚行进。三天后，大约走了六十多公里的路程，行至营盘古城。体力不支的他划开左腕，但由于极度脱水血液粘稠，结果求生不得求死不能，好在此时被路过的刘英智看到。

根据小伙子的身份证地址，刘英智联系了当地派出所，但并没有找到他的家属，无奈之下，只好找到湖南卫视求助。几天后，小伙子的父亲同湖南卫视的两名记者从长沙赶来。但当他的父亲赶到刘英智家里时，空床只上放着一套刘英智给他买的衣服，人却不见踪影。

得到家人前来接他的消息，小伙子不辞而别，离开时除了刘英智给他买的衣服，还留下一张字条，上面写着："大哥，你是好人。"

聊着那段往事，也就到了检查站。还别说，几位护理员都记得刘英智，表示他有善心，做得对。当得知小伙子最终还是离开，不愿与家人回乡，几位护理员也很是感慨地说，随他去吧。打开路上的铁链，放我们通行，临走还交待一句，罗布泊里什么问题都可能会出现。万一遇到什么麻烦，离这边还不算太远的话，尽可能赶快回来。

刘英智说，"六月不进罗布泊"是户外圈儿公认的规矩，高温与随时出现的大风交织，让人窒息。1980年6月，著名科学家彭加木在罗布泊的风沙中失踪，至今没有找到；1996年，也是6月，著名旅行者余纯顺在穿越罗布泊时遇难，永远留在罗布泊湖心不远处的一片盐碱丘下。

相比六月，五月初风虽大，但温度还算适宜，有些探险者刻意此时进入罗布泊，穿越罗布泊的同时感受罗布泊的风。风和日丽时，微风让你面对这片荒无人烟的地方，反而心旷神怡。可当你兴致正浓时，风又裹着漫天黄沙滚滚而来，让你无处藏身。这就是罗布泊的风，让人遐想，也让人无奈。

>>> 跨越古今，从太阳墓到前进桥

前进桥

> 顶着风沙，我们来到位于一片高地之上的太阳墓。踏足这片区域，立刻就能感受到一阵阵在此守护了三千多年的神秘力量，或者说是一种气场。

过了检查站，才算真正进入罗布泊，前方没有了路，放眼望去就是茫茫戈壁。戈壁滩表面是大小不同的坚硬砾石，但砾石下面却是松软的沙子，快速通过还好，只要稍有停顿，极其容易发生陷车。

小彭的车技在第二天提高很快，跟着两位"老油条"，进步相当明显。但松软的戈壁沙地让他再次遇到陷车困境，毕竟皮卡载着汽油、食物和水，沉重的车身在这片地貌中，稍有不慎就会陷车。此时，有些起风，许峰给皮卡挂上拖车绳，开车在前面拖，剩下所有的男人都来帮忙推车，让皮卡先悠起来。风越来越大，卷携着戈壁砾石与细沙砸过来，六个男人在风中推着车。顺着这股力量，小彭给油、加速，艰难的让皮卡跑了起来。为了达到脱困速度，大家并没有停手，依旧推车狂奔，小彭则轻打方向，让皮卡在松软的沙地上画着圈，又不至于将卷起的沙尘扬向推车的我们。最终，大家疲惫的脚步已经跟不上皮卡的速度，梁波一个趔趄，跪倒在沙土中，大口喘着粗气，成了。

脱离松软的戈壁沙地，抵达孔雀河古河道的北岸雅丹群边缘，太阳墓就在附近。知道在附近，但马上找到并不是件容易

朱靖　摄影

事。这一带到处是雅丹和高坡，加上沙土松软，不能让皮卡车冒险，那样太浪费时间。刘英智和梁波、许峰先行寻找太阳墓，剩下的人则在雅丹群的边缘躲避风沙。

"这走了两天，我感觉你们俩也都是自驾老手，为什么还能踏踏实实坐别人开的车上呢？"

闲着没事，朱靖提起了自驾的话题。她说以前也参与过自驾远行活动，经常有队员要求一试身手，而我和王成似乎一直没提出要开车。在我们看来，不是能不能开，而是专业的事就该让专业的人去做。上了车别废话多，跟着体会罗布泊旅行的感受就好，但如有需要做任何事也能立刻顶上，义不容辞。

没多久，两辆"4500"迎着风沙开过来，他们仨已找到太阳墓。梁波说路上看见一辆"尤尼莫克"，相距不过一公里远。对方应该也看到他们，但是没有停车，而是径直向雅丹深处开去。会不会是盗墓贼？罗布泊是丝绸之路古道，又有很多古墓，自然会引来盗墓者的光顾。

太阳墓，罗布泊中的标志性遗址之一。经考证，墓地已有3800年历史，与小河墓地同属一个时期，比楼兰还早一千多年。之所以称之为"太阳墓地"，是因为处于高地上的墓葬，由规整的环列胡杨树桩组成，结构犹如光芒四射的太阳，人则被埋于"太阳"中心。此种墓葬形式，在我国仅发现这一处。

顶着风沙，我们来到位于一片高地之上的太阳墓。踏足这片区域，立刻就能感受到一阵阵在此守护了三千多年的神秘力量，或者说是一种气场。墓葬区占地一千多平方米，有两种不同的墓葬形式。一种是边缘地带的普通土坑墓葬，在葬坑的东西两端，各有一根露出地表的直立木桩。另一种墓葬是这里的中心，中心由直立插在沙土中的胡杨木构成方形墓室，地表上，排列整齐的环形列木桩楔入地下，围绕墓室组成七圈同心圆，最外圈直径六米左右，犹如太阳铺在墓葬区中央，彰显着太阳图腾崇拜的力量。树桩全被竖向深埋于沙地，仅露桩头，历经三千多年的风吹日晒，早已迸裂如盛开一般。

有观点认为，正是因为"太阳墓"这一类墓葬形式，导致大量树木被砍伐，当地居民也在不知不觉中埋葬着自己的家园。生态环境恶化是否能归结于

当时的墓葬形式，这我不得而知，但各种因素的结合，必然会导致生态系统的失衡。十年前，218国道的黄砖路和附近修建的水库就是同一道理，好在数十年后，当政者意识到了破坏生态而发展经济带来的副作用，如今已开始寻求改变。

从太阳墓地继续向东，沿途有不少人为的遗迹。这一带是当年核爆放射性污染区，除了有安置的"放射性污染区"的标示碑，还有部队营房遗迹，以及沙土间，被岁月侵蚀的军用皮鞋。部队营房遗址的木质门窗、房梁都被拆除，据说是冬季闯进罗布泊的人拆下来烧火取暖。遗留的山墙上，还依稀能看到有字，是些有着强烈时代烙印的标语。

看毛主席的书

听毛主席的话

按毛主席的指示办事

做毛主席的好战士

傍晚时分，顺利抵达前进桥。一听这个名字便知，桥也是当年搞核试验基地留下的，时代感鲜明。前进桥位于孔雀河下游，修建时也只是在洪水期时才会有水。如今，干涸的河道上，还能看到残存的木质桥基桥，桥头有沙袋垒成的工事，周边还遗留有7.62毫米口径标准弹的弹壳。

关于前进桥的记录，都不属于它原本最辉煌的年代，那些依旧属于官方未解密的部分。当下人们对前进桥的认知，多是因为它的地标概念。1996年6月6日，余纯顺决定徒步横穿罗布泊，打破六月不进罗布泊的惯例。几天后，拒绝车辆随行的余纯顺独自走向罗布泊中心。"咱们前进桥见！"，这是余纯顺在罗布泊中留给人们的最后一句话，随着背影逐渐消失，他也走上一条不归之路。

清新的小风吹过河岸松软的沙滩，带动红柳发出窸窣的声响。刘英智帮着朱靖准备晚饭，劳累一天的梁波侧卧在河岸边的沙滩上，很惬意，许峰徒步到河对岸，不知在寻找着什么。感觉沙滩很柔软，是非常舒适的扎营地点，我和王成带着"蛋蛋"前去扎营。撑开帐篷之时，看着旁边的红柳丛，突然想起老友韩照举曾告诫过得事——红柳丛边注意草鳖子！特别是红柳长势不错的地方，它们会隐藏于此，等待前来寻找食物的野兔、黄羊等动物。

想到这里，赶忙观察周边，果然发现有动静。两个诡异的小身影正快速爬过来——草鳖子！除了这俩，还有一堆它们的同伴正陆续爬出红柳丛，直冲我们过来，向着好不容易出现的"大餐"，也就是我们，快速挺进!

匆忙间，我们仨赶忙收起东西离开沙滩，帐篷都来不及收，举着就跑。回到盐碱成片的河岸上，放下帐篷仔细检查，看看有没有草鳖子已经爬到帐篷上。果然，小彭帮忙在帐篷边缘找到一只，他熟练地把草鳖子腿揪掉，然后用打火机烧。罗布泊边长大的人都熟悉这家伙，放地上很难踩死，韧性太强，就算是水泥地面，也难以一脚夺命。

一天内两次听闻草鳖子的种种故事，朱靖非常紧张，希望能换个地方扎营。小彭安慰她说没问题，草鳖子多在红柳周围生活，准备做饭的地方没有红柳，晚上拉紧帐篷拉索，应该没事。

"要有事呢?"朱靖问。

"那就算你倒霉!"小彭回答。

等待晚饭之际，我和刘英智坐在前进桥废弃的工事边闲聊。聊如何迷上了罗布泊，聊在罗布泊里寻找的遇难者的往事，还聊聊传的很邪乎的罗布泊灵异事件。

据说二十世纪五六十年代，罗布泊里发现了一个古城遗址，有些得到消息的年轻人前去淘宝，但最终或死或疯。相传那些发疯者就像鬼上身，就是西方说的丧尸，随后，发疯者也都力竭而亡。后来的人们在他们身上找到一些古代饰品、衣服的碎片，还有一块双鱼玉佩。事发半世纪，据说这些事都没有调查出结果，这也从另一个方面影响了人们对罗布泊的认识，让这里显得更加神秘。

这些玄幻的内容还是很有市场需求，有些借此来营造神秘气氛，带动进罗布泊探秘而形成的户外旅行市场。就像美国的诺斯维尔，越是传出各种玄幻故事，越是能带动一定的消费市场。

前进桥已是古楼兰地界，躺在帐篷里，畅谈古今也颇有意思。楼兰这个名字在唐代诗词中多有表述，而最早记录楼兰的则是在《前汉书》中，有关于公元前一世纪中国与楼兰的政治关系的记载。当时，汉武帝希望结交大宛及其周边各国，多次派使前往。楼兰为必经之路，而楼兰与姑师结盟，在道路沿途骚扰汉使。此外，楼兰人还与匈奴人勾结，并数次帮助匈奴人抢劫丝绸之路上的中国客商。于是，汉武帝发兵西征，派赵破奴率兵一万讨伐龟兹。数次为楼兰人袭扰的王恢担任赵破奴副将，率领轻骑七百，俘获楼兰王，并凭借军威震慑乌孙与大宛的属国。楼兰人很快屈服，向汉武帝进贡。楼兰对汉朝的臣服得罪了他们的盟友匈奴，为了使这两家强邻都满意，楼兰王将一个儿子送给匈奴做人质，将另一个儿子送到汉王朝做人质。[一]

加在汉王朝与匈奴间的楼兰也是难做，只能以此周旋于两大国度之间。楼兰国王曾为自己辩解说："小国夹在大国间，不两面结盟就无法自保。我愿意举国迁徙入居汉朝。"汉武帝体谅其处境，使楼兰王重登宝座，命其监视匈奴的动静。

公元六世纪，玄奘从印度返回大唐途中也曾经过楼兰，但他只是极为简略地提到这个国家："到达从此东北行千余里，至纳缚波故国，即楼兰地也。"

聊着丝路往事，逐渐月朗星稀。我们这些人对玄幻没有兴趣，在意的是罗布泊及周边地区的历史往事，以及行走在不同地貌间享受到的乐趣。聊那些据说发生在罗布泊的玄幻事件没什么可怕，当故事听听就得，眼下带给大家的恐惧的确存在，是草鳖子，这才是现实问题。

"草鳖子！"

聊得兴起时，梁波突然大喊一声。朱靖紧张地问在哪里，回头梁波在一旁直乐，说："逗你们玩儿的……"

一 见《汉书·西域传》：初，武帝咸张骞之言，甘心欲通大宛诸国，使者相望于道，一岁中多至十余辈。楼兰、姑师当道，苦之，攻劫汉使王恢等，又数为匈奴耳目，令其兵遮汉使。汉使多言其国有城邑，兵弱易击。于是武帝遣从票侯赵破奴将属国骑及郡兵数万击姑师。王恢数为楼兰所苦，上令恢佐破奴将兵。破奴与轻骑七百人先至，虏楼兰王遂破姑师，因暴兵威以动乌孙、大宛之属。……楼兰既降服贡献，匈奴闻，发兵击之。于是楼兰遣一子质匈奴，一子质汉。

>>> 直面孤独，楼兰守护者

前进桥。

> 李鹏飞一人蹲在地窝子边，闷头抽着烟。每一轮在这里的两个月，除了出去巡查，时间多是这样打发。上一次运来蔬菜是两个月前，都已经长霉，可物资和替换的文保员还没到。李鹏飞对崔友生说，自己这一轮值班明天就到期，如果还没人来替换，他就自己骑摩托车回若羌。
>
> 不管是不是气话，李鹏飞的确到了精神承受的极限，需要一个排解的出口。

清晨，一只黄羊出现在左侧车窗外。见到我们并没惊慌逃走，而是沿着雅丹的沟壑继续向前，时而停步，就那样呆呆地看着我们，像罗布泊的精灵。在这片荒原之中，不论是黄羊，还是坚守在荒原中工作的人们，能生存下来的所有的生命都足够伟大。

前进桥就在楼兰古城北侧，不过十来公里远的位置。我们脚下的这片，也曾经是楼兰国的属地。沧桑巨变，楼兰这扇丝绸之路上的重要大门已经随风消逝，零星剩下的遗迹，就散落在这连绵的雅丹之中。

想要从这里进入楼兰遗址核心区，"4500"越野车做不到，只能步行，或者依靠"尤尼莫克"那类沙漠小怪兽。十年前，离开楼兰时，眼见救援队伍抵达，刘建兵他们开着三辆"尤尼莫克"，就是从这里抄近路回库尔勒的。往前没多远，全都是低矮形雅丹地貌，周边一些略高的坡地，有些干枯的植物像是人为处理过的痕迹。示意停车，说不如在周边看看，没

准这里有古人生活的遗迹。刘英智也正有此意，于是决定停车半小时，大家四下看看，感受一下楼兰"城乡结合部"的风情。

大家四下散开，果然，没走多远就在雅丹沟中见到一些碎陶片，历经风雨吹蚀，陶片边缘早已打磨的没了棱角。

第三天的道路没有松软的沙地与戈壁，以盐碱与雅丹为主，相对好走很多。从前进桥绕行四小时，见到罗布泊中的一处著名地标，十年前进来时就见过。说是著名地标，不过就是缠着铁丝，插着空瓶子的木棍。在罗布泊荒原中，人为的地标难以寻觅，这绝对是一处。北侧远方，十多公里外的沙山与众不同，山那边是曾经的核爆区。从地标到楼兰保护站还要经过龙城雅丹，十年前离开楼兰的那个夜里，第二波离开的十多辆车在龙城雅丹里迷失方向，满处乱转，找不着北。

穿出雅丹，再走过十多公里的盐碱滩简易道路，看到地平线有特别的东西，是两节绑在一起的竹竿上，挂着一面国旗，楼兰保护站出现在眼前。

一排小平房、四间地窝子、几条狗，还有两位文管员，构成了楼兰保护站。保护站处在古墓沟与楼兰遗址间的道路上，如果不通过这条简易到不能再简易的道路，车辆很难继续前行。

"崔站长近来可好，没再遇到盗墓贼吧？"

面对前来松拦路索的迷彩短袖男人，刘英智开腔打起招呼。

"现在盗墓贼很猖獗，楼兰古墓群得有一半被盗，有个保护站守在路口，好歹有些作用。"

迷彩男人叫崔有生，楼兰保护站站长，年过不惑。

十多年前，崔友生经人介绍来到保护站，没有水、没有电，也没有电话信号。望着眼前，无际的荒原中的两间地窝子，崔友生不知说什么好。傍晚，狂风大作，尘土从门与土沟的缝隙间灌进地窝子，呛得人无法入睡。第二天一早，崔友生就想走，其实刚到保护站那一刻他就想走，只是碍于面子，加上好歹要休息一下，这才留下来过夜。老站长求崔友生多待几天，那样好歹有人陪着聊聊天。平时没啥事，就去古墓沟看看那的壁画。

古墓和壁画打动了崔友生的好奇心，第二天就随老站长去了古墓沟。在这罗布泊荒原上，崔友生第一遭看到的色彩竟然是在古墓中，灰白的土墙上，绘满彩色的图案。壁画上的人穿着华丽的服饰，内室墙上绘有绿色的河，水草，还有太阳。

这一切让崔友生惊叹不已，虽然不了解这些古墓的历史，但这些壁画足以打动他这个初进罗布泊的人。惊叹的同时，被盗墓贼严重破坏的墓室，也让崔友生愤慨。壁画被剥落，墓室被凿穿，棺木被撬开，千年前的人骨四处散落。至此，崔友生决定留下来，尽他所能，阻止盗墓贼对这丝绸古道上，各种遗存的破坏。

除了保护站，崔友生在380公里外的若羌县城文物局，也有个称之为"家"的临时住所。在楼兰保护站待两个月后，能返回县城一次，过一个月的城市生活后，再返回楼兰。初到保护站工作时，小崔也寂寞过、抑郁过，甚至想逃出楼兰。因为没有人换班，最长的一次值班，他在保护站整整待了半年。回到县城后很久不说话，因为孤独的环境下待久了，他觉得无话可说。

每次回若羌，朋友们都会给他介绍女朋友，但吃个饭留个电话，回头又进了罗布泊。等到再次回到县城，打电话人家也就不接了，有了正式的男朋友。小崔说，上一次回若羌，经人介绍又认识了一位，这回进展快，已经确定了男女朋友关系，应该能成。

和崔友生聊天间，另一位文保员巡查归来，他叫李鹏飞。李鹏飞和崔有生是宁夏老乡，也是十多年前来到若羌，之前在矿山打工，每月能挣千把块钱。在这里，每月两千多元钱还不用任何花费，准确地说是没地方花钱。

李鹏飞一人蹲在地窝子边，闷头抽着烟。每一轮在这里的两个月，除了出去巡查，时间多是这样打发。上一次运来蔬菜是两个月前，都已经长霉，可物资和替换的文保员还没到。李鹏飞对崔友生说，自己这一轮值班明天就到期，如果还没人来替换，他就自己骑摩托车回若羌。

不管是不是气话，李鹏飞的确到了精神承受的极限，需要一个排解的出口。文保员每天要徒步或骑摩托，到十八公里外的楼兰古城巡查两次，十年前我们去楼兰时，车队在这十八公里路上，折腾了五个多小时。现在虽然道路状况有所改善，但这环境下，艰难程度依旧可以想象。

最开始，从若羌县城到楼兰保护站的380公里路，要经过罗布泊无人区的戈壁、雅丹、盐碱滩，单程就需要两天时间。崔有生和李鹏飞周而复始地走了六年后，往返的路不再漫长。2010年，若羌至罗布泊钾盐矿的道路开通，现在从若羌经钾盐矿到楼兰保护站，一天内就能到。文保员从楼兰返城的频率，也从三四个月缩短为两个月。跟过去比，保护站硬件也已经大为改善，现在有两辆摩托车、两部卫星电话和四部对讲机，不过这些物资都是企业赞助的。

崔友生说，有了摩托车，巡查的确要方便许多。有一次在巡查途中，他发现有陌生的新车辙，怀疑是盗墓团伙的，就偷偷跟了上去。果然，追踪不久后，发现了盗墓贼的营地。

"盗墓贼很狡猾，他们坐大车拉着越野摩托车进来，到了合适的地方，放下人、物资和摩托车，大车就会开走，减小被发现和拦截的概率。"

崔友生说，很多盗墓贼都是祖传手艺，会根据环境辨认古墓位置，而且都带着刀，有些还有枪。一路上还预埋了食物和汽油，用卫星电话和罗布泊外围的大头头联络。因为经济利益的诱惑，有些世代生活在罗布泊附近的当地人也会被收买，他们熟悉地形，能借着夜色去寻找古墓。那一次，他偷偷摸到盗墓贼的营地，放掉了摩托车的汽油，随后赶回保护站，打卫星电话请求支援。

最终，这伙盗墓贼被警方抓获。但危险总是伴随着文保员们，从记恨他们的被捕盗墓贼，到那些乔装成矿工，伺机进入保护区域，但依旧被他们阻拦的盗墓贼。

"我也知道干这行的风险，也会想回若羌，但回去了我也会想这里，总得有人在这呀。"

聊着天，许峰、梁波和小彭将皮卡车拉的油桶，挪到合适的位置，插进一根塑料管，屏住呼吸，对着塑料管另一头深吸一口，然后赶快插进"4500"的油箱里。给两辆越野车加完油就该走了，那时皮卡车能轻一些，也会更好开。

此刻，崔友生让刘英智收集我们所有人的身份证，登记。路过保护站的人都要登记身份证，虽说他与刘英智和许峰、梁波都很熟悉，但这道手续不能免。离开保护站时，小崔对刘英智说："急什么，吃过晚饭再走，你们的车快，要不了三小时就能到钾盐矿"。

对于崔友生和李鹏飞来说，这个"家"很少有人光顾，我们离开了，就意味着又是很多天听不到什么声音。除了风声、狗叫声，也就偶尔还有自己的几句嘀咕声。

在反光镜里看着两位文保员逐渐模糊的孤独身影，想起林晓云先生翻译的斯文·赫定当年记录的罗布人的一首歌：

你就如同那白色的精灵，我渴望枕着你的胸脯入睡

当你在晚间的音乐伴奏下翩翩起舞时，你的发带在你周围飘动，那是多么美丽！

我坐在我家中，你坐在你家里，但我知道你在想着我。

当我躺下睡觉时，我苦苦地想念着你，无法入睡。

你的父母拒绝把你嫁给我，却把你嫁给一个来自吐鲁番的长老。

我是如此渴望得到你啊，我头晕目眩，仿佛云朵在我周围旋转。

你的丈夫是个大人物，但我却被抛弃而忍受孤独。

另一个人娶了你；你不属于我。

从我上次见到你，多少时光已经逝去……

>>> 骄阳之下，罗布泊墓碑

罗布泊

> 燥热的空气中，一片死寂，阳光坠落在罗布泊湖心没有一丝生机的盐碱滩上。而湖心碑，更像是罗布泊的墓碑，为逝去的罗布泊而立。

离开保护站，我们继续沿着罗布泊湖心的盐碱路，颠簸向前。眼前一半是天，一半是地，中间是一条反复碾压形成的路，从保护站通向罗布泊湖心。

行车一个多小时，出现一处岔道，许峰带队向左，远远地，能看到离道路不远处有一小片盐碱丘。

"我们先去看看老朋友，然后再去湖心。"

梁波说的"老朋友"，是余纯顺。

余纯顺是中国户外旅行的先行者，二十世纪八十年代开始徒步中国，八年间徒步4万公里。随着名气增大，各种赞助商与媒体也不失时机的介入，出资赞助，并记录他走过的艰险之路。

1996年6月，余纯顺决定徒步穿越罗布泊。

余纯顺的罗布泊穿越线路，是从土垠至前进桥，全长约107公里。6月11日9时，拒绝车辆、人员随行的余纯顺离开土垠向南边的罗布泊湖心走去。随身背的背包里装着他的帐篷、防潮垫、睡袋和笔记本。沿途有多个事先安排的补给点，埋放着饮水与食物。下午4时25分，摄制组与后勤保障团队在湖盆中撵上了余纯顺。此时，他用8个小时，已在罗布荒原徒步33公里。

"咱们前进桥见！"

继续向前的余纯顺回身面对团队成员与镜头，留给大家的最后一句话。

沿着盐碱滩上的车辙，我们来到一片盐碱丘下。这是余纯顺死难的位置，人们用红砖摆放处一个人形，是他当时保持的姿势。从这里向东延伸，陆续竖立着一些纪念余纯顺的墓碑。其中最为醒目的一块墓碑是花岗岩的，上面有一尊余纯顺的青铜头像，栩栩如生。墓碑左下角还有一双青铜的鞋，这也是对一位旅行者的很好纪念吧。

蹲在墓碑前，"胡子"为余纯顺敬上了一支烟。见此，梁波干脆组织大家一起在墓碑前列队，向这位身葬罗布泊的徒步大侠鞠躬致意。

突然，一只小鸟掠过干热的盐碱滩，一头扎到越野车底下。车底下有阴凉，这可是在罗布泊中难以找到的，天赐良机可以乘凉，任凭有人就在它旁边一米处也不愿离开。谁说罗布泊是"鸟都不拉屎"的地方，这不是还有只鸟嘛！只是，现在的罗布泊里，生命是那样罕见，以至于让你不忍开车离开，致使小东西失去那片阴凉。

"我看过当时余纯顺穿越罗布泊的线路图，从土垠到前进桥这一段不过100来公里，走这一小段就说穿越罗布泊，本身就是一个噱头，因为这段路程只是罗布泊15万平方公里的很小很小的一部分。"

坐在盐碱丘边，刘英智说起他对彭加木及余纯顺的看法与观点。余纯顺与后来者毕竟是以个人目的为先，虽说只身穿越，但也是团队协作安排补给。可就算成功穿越了罗布泊，你就算"征服"了这里吗？只不过是满足自己"征服欲"的过客。彭加木不同，他是为了探寻罗布泊的自然、矿产现状，以及研究开发价值而穿越罗布泊考察，最终因找水而迷失在罗布荒原中。他的逝去，是不同的价值体现，是国家英雄。不同的时代前提，不同的理想目的，不同的人生格局。正是以彭加木为代表的科学家、地质工作者们的不懈努力下，罗布泊建成了世界上最大的钾盐基地。

余纯顺准备的"穿越"更多是停留在个人英雄主义层面，就在他本人看来"三天内就能干掉的"区区100公里，最终还是因为没有找到向导给他埋的水，导致迷失方向，最终身体脱水，而将自己永远地留在了罗布泊。

余绝顺之墓

1952—1986

罗布泊湖盆没有任何参照物，除非使用GPS或者有丰富的罗布泊行走经验，否则难以在此辨别方向。更别说在高温缺水的状况下，人的判断力更容易出现问题。徒步中国的余纯顺，恐怕也是没能正视这一问题，虽然附近有后勤保障团队，虽然一路有多处补给点，但最终还是命陨罗布泊。

余纯顺已逝去二十余年，人们对他的讨论至今依旧延续。在他身上，人们看到了一种全新的生命价值与人生意义的体现，并影响着一代户外旅行者前行。有人把余纯顺作为"神"一样的存在，引领了户外探险的热潮；也有人认为余纯顺的确能力超群，但他所做的不过是满足个人的爱好与需求的个人英雄主义者。

的确，余纯顺的存在是个人层面，他需求的是一种"征服感"。就像他自己所说的：

"如今，彭加木已经魂归大漠，而我，只有我余纯顺，一定能征服罗布泊！"

余纯顺遇难后，罗布泊变成了中国探险界"大咖"们的终极目标，多位名人宣布自己徒步穿越罗布泊。他们没说的是，有的是带着卫星电话随时通报位置，让给养车远远地跟随，有的索性就让向导开车跟在他身后，在湖心徒步走上几十公里表示一下。

不可否认，余纯顺将中国的户外探险旅行，带到一个特别的高度。更多人从他的身上，找到一种全新的旅行方式、人生价值观，他是一个时代户外探险旅行的引领者。根据价值观的不同，旅行者的追求也不一样，有的人想得到"征服感"，"历经万难我来过，谁与争锋"；有的人则追求融入性，走在路上，了解那里的历史、地理，人文往事。

离开余纯顺墓，继续沿湖床盐碱路前行。在离湖心大约几公里处，有一座石碑，是纪念著名罗布泊学者陈宗器老先生的。这里被称为"偏心"地带，也是过去认为的湖心位置。

知道彭加木、余纯顺的人多，但知道陈宗器的人寥寥无几。陈宗器先生是最早参与到西北科考的中国学者，在那以前，到罗布泊进行科考的都是西方学者与探险家。从普热瓦尔斯基、李希霍芬，到斯文·赫定、斯坦因。

1930年底，陈宗器加入瑞典科学家霍涅尔带队的考察团，由敦煌西行入南疆，测量塔里木河改道以后的罗布泊位置。那是一个兵荒马乱的年代，作为考察队里唯一的中国学者，考察工作之外，他还要负责与军阀及土匪周旋，以保证外国学者的安全。

1934年4月，陈宗器再次前往罗布泊考察，这一次考察团的团长，是在新疆探险考察多年，并在罗布泊荒原发现楼兰遗址的著名探险家——斯文·赫定。

斯文·赫定对陈宗器的工作态度与学习精神大加赞赏，在后来的传记中曾写到："他是一个难不倒的小个子""我从来没有要求他这样做。让任何人在最热的两个月里（41℃），在牛虻和蚊虫密集的地方工作，都太残酷了。"

1935年，陈宗器主持修建了中国第一个地磁台，成为中国地球物理学会的发起人之一。在西北考察近五年的时间里，三次到楼兰考察，是当时在西北地区考察、工作时间最长的中国学者。1936年，在斯文·赫定的资助下，陈宗器赴德国留学，在柏林大学自然科学院专攻"地球物理学"专业。

1950年，85岁高龄的斯文·赫定给中国地质学家黄汲清写信，打听他"最亲爱的中国朋友"陈宗器的下落。不久，一生探索西域历史与现状的斯文·赫定离开了人世。那时，陈宗器得到了斯文·赫定寻找他的消息，但他没有回信。那个年代，与国外通信联络极其危险，更别说是一位有留学经历的科学家。

1960年，陈宗器先生因病去世。

陈宗器先生去世半个世纪后，一块纪念碑树立在罗布泊湖心附近。不同于带有雕塑、颇具豪情的余纯顺墓碑，这块黑色大理石纪念碑简单朴素。上面写道：

陈宗器

1898~1960

著名地球物理学家

中国地磁学的开拓者、奠基人

中科院地球物理所研究院、副所长

国际知名罗布泊学者，最早在罗布泊测量地磁参数与最早测量塔里木河流量的中国学者。

1930年11月底~1931年6月，与瑞典科学家霍涅尔测量并完成改道后的罗布泊及其水系的精确地形图。

1934年4～8月，与瑞典探险家斯文·赫定进行地形、水文、地质、气象等考察。

为表达对陈宗器先生及在这块土地上为人类科学及人类未来做出过杰出贡献的前辈们的无比崇敬与怀念之情，立碑与此，以为纪念。

继续前行不远，罗布泊湖心碑出现在眼前，一块不算高大，但很厚重的花岗岩石碑，周围没有任何起伏。燥热的空气中，一片死寂，阳光坠落在罗布泊湖心没有一丝生机的盐碱滩上。而湖心碑，更像是罗布泊的墓碑，为逝去的罗布泊而立。

从湖心碑往里走，发现有大量遗弃的空酒瓶，啤酒的，白酒的，洋酒的。刘英智说，那是2007年五一期间，一位著名的地产商带人穿越罗布泊留下的。人家是中国房地产界的大佬，在罗布泊搭起巨大的野营帐篷，助手、美女还有酒，一个都不能少。也是完成一段简单的徒步后，就宣布自己"穿越"罗布泊，丢弃下大量空酒瓶后，扬长而去。

湖心碑周围，布满被砸碎的各式石碑。石碑多是一些单位、组织穿越罗布泊时，专程带来立这的，不知被何人推倒砸碎。其间，还有一块残碑，是一电动车商家的广告，说他们的电动车，穿越了罗布泊。

这件事梁波亲身遇到，那电动车的确穿越了罗布泊，不过是在一辆越野卡车上载着。电动车厂雇用卡车拉着电动车来湖心，还随车带来一位维吾尔族老大爷做模特，在湖心骑一圈来拍广告。结果没拍多一会儿，电动车就颠坏了。如今，电动车拍广告立的碑，还有某某某穿越罗布泊立的碑，都已被砸碎，散落在湖心碑周边，成了垃圾。

根源于一种狭隘的"留名"思想，立碑闹剧在罗布泊轰然开演。在湖心，在余纯顺遇难地、彭加木失踪地，比着立碑。有做广告的，也有旅行纪念的，无非都是"到此一游"留念凭证。砸掉也是好事，否则这种立碑的行为还会加剧，只是，被砸毁的石碑碎片依旧碍事的留在这里，需要靠罗布泊的风，逐渐掩埋。

>>> 进罗布泊镇，入龙门客栈

> 面对罗布泊的改变，蔡小蓉坐在她的龙门客栈里，盘算着自己的生活能如何改变。没去羡慕都市里的热闹与躁动，在这无尽荒凉的罗布泊中心，小蔡享受着属于自己的寂寞、温馨生活。

从湖心向东，经过十多公里感觉颠到松骨的盐碱滩路，终于到达哈密至若羌的钾盐矿公路，这里有个官方名称——S235省道。路口处，两辆北京牌的车停在路边，他们刚从道路对面的盐碱滩出来。据车上的人说，他们沿着那边的路，三个多小时走了三十公里，路尽头是一道大沙梁。努力了半天，两辆车都没翻过去，只好原路回来，又是三个多小时。听到这里，刘英智说，明天我们也要去冲那道大沙梁，只有冲过去，才能按原定计划去野骆驼峡谷。

钾盐公路是为了罗布泊中心的钾盐矿外运专门修的，北起哈密南至315国道前往若羌，全程约600公里。在罗布泊中心区域的二百多公里路面，由于是厚厚的盐碱，干脆就地取材来修路。先在沿途洒水，盐碱滩遇水就融化，随后再刮平、压实，就成了一条盐碱公路。

钾盐矿附近，还在2002年成立了一个罗布泊镇。这可算是中国最奇特的一个镇，面积5.2万平方公里，是全国最大的镇，而当地却没有户籍。镇上所有的人都是外地人，从镇长到小店主，加起来不过数十人。哈密和若羌人都管这个小镇叫

"罗中"，罗布泊中心的意思。所谓的镇，其实只有路边一排小房子，镇政府是一栋二层小白楼，旁边就是两三家修车铺，还有一些餐馆、超市和旅店，以及一个小加油站。在广阔的罗布泊无人区，成立这个小镇的原因很简单，这里有全国最大的钾盐矿，税收、管理还是需要一级人民政府。罗布泊钾盐矿的产量占全国需求量三成，这还是没有全力开采，它存在的最大意义，是防止澳洲等钾盐生产大国随意提价，遏制进口钾盐的价格。

罗布泊干涸后，这处巨大的钾盐矿倒成了意外收获。将地下含盐度很高的卤水抽出，和地表板结的钾盐混合，再利用罗布泊的高蒸发量提炼出钾、镁、碱等矿物质。2006年，罗布泊钾盐矿年产120吨硫酸钾项目开工，两千多工人涌向罗布泊中心的这个大厂，加上往来于此的货车司机，给这个小镇带来了生机与商机。

此刻，已是夕阳，多数人随三辆车去加油站加油，我则无事在路边闲逛。路边没什么人，有些狗，多数也在四处闲逛，但有一只拴在商店边的木桩上。这只白色小狗脖子上挂着个铃铛，一看便知是宠物狗，小家伙叼着类似筷子的东西玩儿，自顾自，懒得搭理我。不再燥热的阳光铺在路上，把人影拉得很长，一直延续到商店虚掩的门前。门口贴着的对联烂了一部分"迎新春大吉（大利），走鸿运心想事成。"侧身再看旁边，竖着块已经在阳光与风沙中褪色的招牌——好家伙，龙门客栈！

看到这招牌，自然想起徐克的《新龙门客栈》。1992年师范毕业前，全班同学从哈密到敦煌毕业旅行，当时徐克正在敦煌拍《新龙门客栈》，主演有梁家辉、张曼玉、林青霞。电影里龙门客栈的老板是张曼玉演的，叫金镶玉。想到这里，不由动了进门看看的念头，这罗布泊里的龙门客栈会不会也有个妖娆的女老板。

就在此时，龙门客栈的门被向里拉开，一位朴素的女子走了出来。看有人在门前，先是一愣，然后主动搭话，问是不是要买东西。

随着她进屋，屋里有些昏暗，女老板拉开灯，一盏白炽灯。适应了屋内的亮度，可以看到屋内简单的陈设。这是一个普通的套间，外屋摆满各种酒与饮料，还有些小食品、方便面以及一捆捆的军用胶鞋，但存货最多的是啤酒。里屋是厨房，锅碗瓢盆挺全乎，干干净净的。

"你这龙门客栈有暗间吗？就是《新龙门客栈》里处理人的那种。"

要了几瓶冰可乐，付账时和女老板逗闷子。

"暗间还真没有，后院里地窝子旅店倒有几间，你们今晚住店的话可以在这。"

女老板叫蔡小蓉，是湖北荆州人，十多年前与老公一起来新疆打拼。八年前，听说有这么个罗布泊镇，于是和老公从库尔勒来到这里，开起这家龙门客栈。前面的平房做超市，为钾盐矿的工人与运输队司机销售啤酒、泡面等生活用品，后面挖了几间地窝子，可以为往来的打工者及偶尔出现的旅行者提供住店服务，每床每晚三十元。

得知还有九个人在加油站那边，蔡小蓉说，现在加油时间刚合适，罗布泊里正午温度太高，加油站一般傍晚时才加油，因为他老公就在加油站工作。同样因为气温高的原因，加上钾盐矿的工人都是傍晚下班，龙门客栈也在此时才开门。一天里多数时间没事，蔡小蓉就在屋里看看书看看电视，发发呆。

转眼在罗布泊已有八年，在她看来，寂寞已经成为一种习惯，只是周围有点绿色就更好了。现在交通不太方便，出门进货要去四百公里外的哈密，虽然有钾盐公路，但路面状况并不理想。前不久听说从哈密开始往罗中修铁路，虽说铁路的主要目的是运输钾盐，但对于交通自然也会有所改变，罗布泊铁路的二期是通往若羌，到了那时，罗布泊的交通将变得更加便利。

面对罗布泊的改变，蔡小蓉坐在她的龙门客栈里，盘算着自己的生活能如何改变。没去羡慕都市里的热闹与躁动，在这

无尽荒凉的罗布泊中心，小蔡享受着属于自己的寂寞、温馨生活。

聊着天，队友们也排队加完油，走了过来。对于眼前的龙门客栈，大家很感兴趣，今晚就住龙门客栈的地窝子。

地窝子是罗布泊及周边常见的居住方式，但每个地方会略有不同。这里是从地面向下挖大沟，再顺着沟往两边挖，挖出一个个房间。房间上面搭上支架，盖上篷布，齐活。罗布泊钾盐矿有自己的发电厂，但发的电只供矿上使用，罗布泊镇上不通电，谁家用电只能使自己家的发电机。

夜幕降临，矿上下班的工人陆续走出大门，过马路，来客栈喝啤酒。罗布泊里最不缺的就是寂寞，司机与工人大多爱用啤酒打发寂寞时光。久而久之，各家小店旁边的空啤酒瓶越来越多，有的干脆用啤酒瓶盖起房子。这一晚，朱靖不用做饭，我们也不用扎营，不用睡在沙地上，不用担心有草鳖子。

睡觉前，王成打来一桶水，我俩先刷刷牙、洗洗脸、再洗洗脚，然后洗洗已经变成鞋一般竖着的袜子。正舒坦时，王成不慎把我的牙刷撞落，正掉进已是泥汤的水中。

"得，要不，你用我的牙刷？"

王成见状，也怪不好意思。

"拉倒吧，这还有三天就出去了，也犯不着费水刷牙……"

>>> 走白龙堆，见筑路者

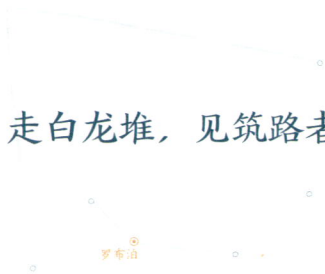

罗布泊

> 　　路基两侧是坚硬、耀眼的白色盐碱地，晃着人眼，也打磨着工人们的面庞。从进驻哈罗铁路工地至今，他们已在罗布泊无人区工作了近一年。阳光与风沙不断地侵蚀着他们，让大家脸上写满与其年龄不相仿的沧桑。
> 　　"然楼兰国最在东垂，近汉，当白龙堆，乏水草，常主发导，负水儋粮，送迎汉使，又数为吏卒所寇，惩艾不便与汉通。后复为匈奴反间，数遮杀汉使。其弟尉屠耆降汉，具言状。元凤四年，大将军霍光白遣平乐监傅介子往刺其王。介子轻将勇敢士，赍金币，扬言以赐外国为名。既至楼兰，诈其王欲赐之，王喜，与介子饮，醉，将其王屏语，壮士二人从后刺杀之……介子遂斩王尝归首……悬首北阙下。……乃立尉屠耆为王，更名其国为鄯善，为刻印章，赐以宫女为夫人，备车骑辎重，丞相将军率百官送至横门外，祖而遣之。"

　　白龙堆，《汉书·西域传》就有记载，曾经是丝绸之路上重要的通道，也见证着汉王朝结束楼兰独立地位的大事件发生。

　　白龙堆位于楼兰东部与汉王朝接壤的地区，这里正处在中原王朝经过楼兰通往西域的大道之上。但缺乏水草，还经常遭受旱灾。汉王朝经常需要楼兰人提供向导，并为路过这里的中国官员提供饮水和粮草。在履行这些责任时，当地居民与中国兵士屡屡发生冲突，随着匈奴人的介入，这一情况更为严重。最后，楼兰人下决心彻底断绝与汉武帝的友好关系，在他的特使途经楼兰时将其杀害，但这一背叛行为被国王的弟弟尉屠耆向汉朝皇帝举报。这时尉屠耆已经臣服汉帝，正图谋将他的哥哥赶下王位。于是，汉将傅介子被派去处死楼兰国王。傅介子匆忙挑选了几个随从来到楼兰，事先放出话来说他要去一个邻近的国家进行友好的调查，带有给国王的礼品，毫无察觉的国王在傅介子到来之后大摆宴席。趁国王酒醉，傅介子向随从发出信号，他们便将刀剑插入国王的后背，他的首级被砍下来挂在城市的北门上。作为对尉屠耆背叛国王的奖赏，他被立为王，王国改名鄯善，并制作了一个新的国玺。皇帝还从内宫的一位宫女赐给新王做夫人以提高他的地位。当尉屠耆离开中国首都时，那里举行了声势浩大的欢送仪式。

随着中原朝廷内政变化，加之战争带来的影响，从白龙堆开始，先后分出两条运输线路。一条是由阳关西行过白龙堆，再从罗布泊北岸至楼兰，随即向北翻过库鲁克塔格山的垭口抵达高昌。另一条则是经白龙堆后向南，从罗布泊南部走米兰，沿南道继续向西。

为了一睹白龙堆雅丹的盛景，我们一大早出发，乘着天凉，先沿钾盐公路向北走50余公里。白龙堆是砾质土丘地貌，由于风水侵蚀，形成横卧于罗布泊地区的东北部，绵延百里的雅丹群。由于白龙堆雅丹的土台是砂砾和盐碱的混合体，颜色呈灰白色，阳光直射还会反射耀眼的银光，远远望去，犹如一群在沙海中游弋的白龙，气势如虹。因此，古人将这片雅丹群称为"白龙"。

白龙堆与龙城、三垅沙是罗布泊周边的三大雅丹群。龙城在楼兰以西，白龙堆在北部，三垅沙在东，对罗布泊呈环抱之势。龙城与白龙堆的雅丹群类似，长条状的土台东北边高西南边低，其台背较圆滑，好似条条游龙。只是砂砾结构中没有白色的盐碱，不会在阳光下反射耀眼的银光。三垅沙雅丹位置接近敦煌，土台比白龙堆与龙城雅丹稍高，台面平整，侧壁陡峭。

沿钾盐公路行车一个多小时，太阳已经升起，与地面形成近40°的夹角。干裂的钾盐地表被灼烤，昨夜留在地表的那点点水汽被蒸腾，在远处地平线上，忽忽悠悠的形成海市蜃楼的景观。随着继续前行，发现那"大海"间出现一个个闪着银光的"岛屿"。这些"岛屿"不是幻觉，是真实存在的，就是白龙堆雅丹。再往前，右侧的"海面"上又显现出一条横跨地表的白色长线，上面似乎还有些人影。这可不是电影《海市蜃楼》，没有玄幻，那些人是真实存

走白龙堆，见筑路者

在的，是罗布泊铁路的修路工。中铁一局的工人们在烈日下铺铁轨，沿着路基，将铁轨以每天两公里的速度向前推进。路基两侧是坚硬、耀眼的白色盐碱地，晃着人眼，也打磨着工人们的面庞。从进驻哈罗铁路工地至今，他们已在罗布泊无人区工作了近一年。阳光与风沙不断地侵蚀着他们，让大家脸上写满与其年龄不相仿的沧桑。

罗布泊曾是我国第二大内陆湖，二十世纪五十年代，因塔里木河流域兴修水利，流向罗布泊的河水迅速减少，二十世纪七十年代末完全干涸。随后，丝绸之路上这处重要的交通节点，有了新的称谓——"死亡之海"。二十世纪末，罗布泊丰富的矿产资源逐步被挖掘出来，尤其以钾盐贮量巨大，如今已成为世界最大的硫酸钾肥生产基地。

由于罗布泊交通不便，新建成的哈密至若羌的325省道运力有限，2010年8月，哈密至罗布泊的铁路正式开工建设。铁路沿途建设花园、南湖、沙哈、巴特、鲢鱼山、黑龙峰、多头山、东台地、罗中等9个车站，正线全长373.8公里。

"天上无飞鸟、地下无寸草、风吹石头跑……"

这段顺口溜，是中铁一局修筑哈罗铁路的铺架队员们，工作生活环境的真实写照。从哈密市区以南四十多公里的南湖乡开始，继续向南至罗中，三百多公里的区域没有水，只是戈壁、雅丹、盐碱滩。白天，筑路工人们要冒着50℃高温架桥铺轨，晚上，大家还得裹着军大衣，盖着棉被抵御寒风。这就是罗布泊，除了风沙，还温差巨大。工人们说，半月前一场大风突袭靠近哈密的巴特车站，架设在平板车上的彩钢板房车站被风吹跑，房里的冰箱、电视叽里咕噜滚得不知去向，三位工人抱着铁轨躲过一劫。

"这都不算什么，现在的条件比过去好多了，宿舍里还有空调，公司还会花大力气把水和蔬菜运进来，知足。"

休息间，一位筑路队的负责人表达着他的豁达。在他看来，干筑路这一行的，注定要承受比一般人多得多的艰苦与荒凉。相比于半世纪前修兰新铁路，还有二十年前修兰新复线，哈罗铁路的艰苦程度不算最重。但罗布泊就是罗布泊，肆虐的风沙是家常便饭，一阵大风后轻则灰头土脸，重则需要到处去找施

工装备。除了风沙还有烈日，哪怕是休息时间，筑路工人也无处躲避阳光的暴晒。但筑路工人们都很豁达，在他们看，一代代的筑路人都是这么过来的，这种艰苦奋斗的精神，自然也会延续下去。

玩探险的人都说，"六月不进罗布泊"，因为这个季节的罗布泊烈日高温，狂沙漫天。即将进入六月，但中铁一局的筑路工人依旧继续向前，以每天两公里的速度，向着罗布泊腹地前行。除了自然条件的恶劣，这里没有电话信号，上网更是奢侈的想象，但大家依旧无所畏惧，修完道路好回家。

用不了太久，哈罗铁路一期就将完工，从哈密至罗中将有铁路相连。罗中至若羌的二期工程也在规划之中，将来，罗布泊铁路将南北贯通，新疆南北的交通也更加便利，这一切，都将改变这片亘古荒漠的历史与现状，成为丝绸之路新的延续。

>>> 气贯长虹，突破大沙梁天堑

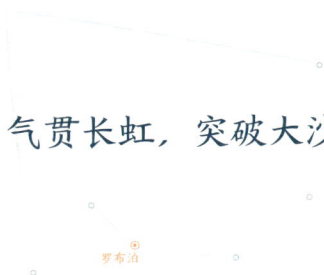

罗布泊

> 回头望，瞬间明白了这大沙梁的意义所在——这里就是罗布泊曾经的湖岸，东岸。放眼看，我们一路颠簸而来的那连绵盐碱滩是湖床，就像一片巨大的、凝固的死水，没有起伏。这里也是水天一色，不同于那些美好的意境，这里是一片灰黄色，你甚至分不清水天的交界，这里是混沌的世界。

离开白龙堆雅丹，回头向南，回到头一天遇到京牌车的路口。在这里，我们要和小彭分手。他已开着皮卡车出色完成补给任务，后面的路更艰难，首先是向东岔道走三十公里，那道让两辆京牌车掉头而返的大沙梁，皮卡车根本无法越过。现在，他要从这里一个人开车走五百多公里，经若羌返回尉犁。临别时大家与他拥抱道别，刘英智送上一个苹果，一来让小彭路上吃，二来寓意"平安"。

朱靖没有下车，双眼含着泪，目送小彭独自一人回家。一路上，她都把小彭当做弟弟看，朱靖也的确有个与小彭年纪相仿的弟弟。

从路口到大沙梁有三十来公里的盐碱路，虽然用铲车推过，但依旧非常颠簸。盐碱壳像突然凝固的水泥海浪，坚硬而又连绵起伏，一层层的向远方延伸。头天下午遇到的两辆京牌车车主说，走这段路用了三小时，到头是几十米高的大沙梁，俩车都没翻过去，只好掉头原路返回，又是三小时。

1980年6月，彭加木带领考察队走到这里时，还完全没有路，据说他曾打算在三十六团买无数榔头带着上路，愣是要从

这片盐碱壳子上敲出一条路。最终他们过了这片盐碱地，没用榔头。1996年，也是6月，余纯顺穿越罗布泊的路线是由土垠到前进桥，也会经过这片盐碱地。全程100来公里，除了反射刺眼阳光的盐碱地，就是覆盖着虚土的雅丹。余纯顺硬要在六月闯罗布泊，按他的话说，是要"征服"罗布泊，以此行打破"六月不进罗布泊"的神话。

六月的罗布泊，地表最高温度达到75℃，正午前后，人只能躲在车底下，根本无法行动。最终，彭加木消失在罗布泊东部的荒原之中，余纯顺也没有成功，他用他的生命继续印证着"六月不进罗布泊"的法则。

此时是五月初，地表温度还没有那么高。刘英智跳下车，在湖心东侧的这片盐碱滩上溜达着，连走带跑两公里。在他看来，行走在罗布泊是一种享受。余纯顺没能完成罗布泊的徒步穿越，但对于一个行者来说，最终能葬在罗布泊，也是一个很好的归宿。

颠簸着，颠簸着，感觉像是在松骨。时速十公里出头，这还是在有路的状态下，想想当年的彭加木，车队经过这片湖床碱滩时得多么痛苦。两个多小时后，那道不知让多少车辆无功而返的大沙梁，在热浪作用下，虚虚呼呼出现在地平线上。从出现在地平线，到面对大沙梁，还要经过半个小时的颠簸。眼前，罗布泊湖床就像瞬间凝固的水泥，只是表面更粗糙，折磨着经过的车辆，以及躲在车里的人。

大沙梁足有五十米高，坡度在四十度左右，因为接近坡顶的地方已被很多冲坡车辆挠得很是松软，翻过沙梁并不是轻而易举的事。

为了减轻车重，我们下车自行爬坡，只留下许峰和梁波各自单独驾车冲坡。许峰先来，挂挡、给油，冲。就在即将到达坡顶时，因为那位置的坡道已被碾压得极其松软，车轮无法吃劲，只得顺坡下来。几个人看看坡道上那些沙土松软的位置，决定在接近坡顶时，向左稍偏，骑一段原本就较为松软而无人碾压的坡道继续上。

这一次，虽然依旧费劲，但许峰好歹冲大沙梁成功。我也随之爬上沙梁，回头望，瞬间明白了这大沙梁的意义所在——这里就是罗布泊曾经的湖岸，东

岸。放眼望去，我们一路颠簸而来的那连绵盐碱滩是湖床，就像一片巨大的、凝固的死水，没有起伏。这里也是水天一色，不同于那些美好的意境，这里是一片灰黄色，你甚至分不清水天的交界，这里是混沌的世界。

眼见许峰冲坡成功，梁波开始准备，其他人也自行攀爬大沙梁。汤姆上了岁数，走的相对慢，也许是觉得沿着车辙走省事，他干脆顺着冲坡道向上爬。此时，梁波也已轰油门开始冲坡，其他人纷纷对着汤姆高喊。汤姆也发现了问题，先是一个劲往上爬，可还在车道上，大家又赶忙高喊让他往旁边跑，让开路。车要是停下来，就必须退回原点重来，再冲一次没什么，但此时要尽可能省油。小彭已经开着补给车回家，前方不再有加油站，一切物资都要节约。

好在梁波没有受到这个小意外的影响，看准合适的位置，冲坡一次成功。

翻过沙梁，离开罗布泊湖床，眼前又是一望无际的戈壁滩。两辆车穿行在戈壁之间，前后交错，互相照应。在罗布泊，有GPS导航，不等于就能顺利前行，因为就是知道方向也未必有路。在戈壁滩上，虽然看似平坦，但松软的地表随时有可能陷车。哪怕没有陷车，也有可能突然遇到一条深沟，无法逾越，还得掉头找路。许峰和梁波配合默契，有时候两辆车会以四五十度的夹角向前行驶，找到合适的路后用对讲机通知另一辆车靠近，尽量减少走冤枉路的可能。

坐在车里，一下午没什么事，只是梁波和许峰开车在戈壁与沟壑间穿行。他俩不能有一刻放松，一旦陷车，必定又要耽误时间。除了他俩，阳光让其他人都有些犯困。此时，前方影影绰绰出现一个坐标塔，许峰说那是当晚的露营地。这之间，还有七八公里的沙地路，有一条压得较深的车辙印，扭曲着通向那里。车走在沙路上，随时左右滑动，很难吃住劲。后面跟随的梁波更困难，因为前车已经将沙土小道碾压的更松软，他在开车走过时就更费劲。

七八公里的路，用了一个来小时。傍晚，到了既定的扎营地，一处平坦而且比较瓷实的沙滩，旁边有个二十多米高的塔架，在罗布泊中孤零零的站着，好歹是到了。许峰和梁波爬下车，甩掉鞋，四仰八叉地躺在沙坡上，一动都不想动。在罗布泊里开车就是这般，不同的地貌要用不同的驾车方式，精神要高度集中。风，簌簌的吹过，夹杂着细小的沙粒打在帐篷、车身和塔架上，很轻柔。

朱靖为大家准备晚饭，继续炒辣椒。她一直很奇怪我为什么只吃干粮，最多吃一些凉拌黄瓜。我说习惯在户外旅行只吃干粮，以免闹肚子。其实一来是如此，二来我不习惯吃辣椒，但大家一起出来，要尽可能照应大多数人的习惯。

入夜，风停了，星空逐渐铺在罗布泊上空。天空很宁静，但漂浮着沙尘，让夜空不是那么透彻。"蛋蛋"拿出相机，来找我请教如何拍星空，如何找到北极星、北斗七星和几个著名的星座。"蛋蛋"叫王未吟，像个小男孩儿的她在香港读大学。自己打工挣钱，加入这个团队来罗布泊，就是想真正感受不同于都市的生活。看着年轻，又对天文有着无限好奇心的"蛋蛋"，我自然也是尽自己所能给她讲解。

记得小学时，一个夏天傍晚，大院儿一位同学的哥哥在做测绘。见我们指指点点的看月亮，老哥就将他用的经纬仪指向月亮，透过这个七倍的小东西，我第一次比肉眼更清楚地看月亮，看到月亮上有一个个小坑，就是书上说的环形山。

1994年，刚工作不久的我第一次独自出门旅行，从新疆到四川、湖北，再转至北京。在北京天文馆，花四百元"巨款"买了一只俄罗斯20倍单筒伸缩望远镜，那是属于我的第一只望远镜。那年夏天，太阳系里发生了一件惊天动地的大事，苏梅克·列维9号彗星撞击木星。虽然我手头这支望远镜还无法让我看到那一切，但它至少能让我看到木星最主要的四颗卫星，清楚地看到月面环形山，更主要的是让我继续对星空保有持续不断的兴趣。

1997年，对天文有着持续爱好的我，开始尝试天文摄影。那一年有两个重要天象，中国只有在漠河才能看到的日全食，和中国各地都能在三月至九月持续看到的世纪彗星——海尔·波普。那次日全食在新疆哈密可以看到宛如娥眉月的带食日出，把那次拍摄的照片寄到《天文爱好者》杂志社，竟然刊登了。那是第一次在全国刊物上发表照片，绝对是件激动地两天睡不好觉的大事。

为了继续拍海尔·波普彗星，又托朋友从北京带回来ISO800的高感胶片。随后几个月里，拍了不少彗星照片，但现在想来，那些曾引以为豪的照片水平实在一般。学无止境，如果停留在一个地方，自我感觉良好的吹吹牛，也就只是原地踏步，被努力的人迅速甩远。

晚饭完毕，"胡子"大哥也支起三脚架拍星空。他生意做得比较成功，有闲暇时间就会世界各地的云游。云游毕，再回家喝茶、发呆。活得逍遥，但也是经过不懈努力。突然掉下万丈悬崖，捡到一本武功秘籍；突然遇到土豪老爸，于是成了亿万富豪——这都是小说里的情景，也只有那些想着不劳而获的人，会迷恋这种故事。现实就是现实，你得努力去寻求所得。

两小时后，蛋蛋对基础的星空拍摄技能已经初步掌握，大家各回各的帐篷。没多久，呼噜声此起彼伏，都累了。

>>> 苍凉，见野骆驼遗骸

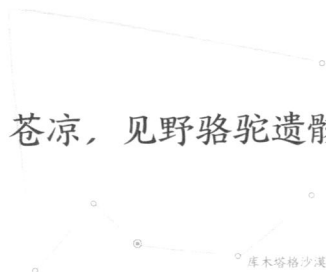

库木塔格沙漠

> 野骆驼骸骨旁边，还有一处野骆驼卧过的土坑，土坑里还有粪便和尿液的痕迹。根据土坑里沙土的状况，还有粪便的干燥程度看，也就是这一两天留下的。这头野骆驼不知是偶尔路过骸骨，还是有意来此，我们无法得知。也许，它们曾经相识，哪怕已经只剩下一堆遗骸，另一位依旧会前来相伴。也许，此刻它就在附近观察着我们，隐藏着自己。

"就是这里了，沿着沟走就是野骆驼大峡谷！"

又一日的行进，车轮下出现一处洪水冲击出的小沟。见到这条小沟，刘英智很是开心，说明他方向判断正确，我们没有走冤枉路。

沿着小水沟向前，沟逐渐越来越深、越来越宽，越来越难走。突然，后车上梁波用对讲机喊停车，说前车右后胎似乎亏气较多，应该是被扎了。果然，停下车就听到"嗞嗞"的漏气声。见此情形，许峰没有考虑换胎，而是立刻拎着工具箱钻到车下，找到漏气点，然后火速用堵漏胶棒堵住。换车胎太耽误时间，如果再遇到扎胎，一样还是要堵漏，不如一切从简。

用气泵补上气，继续顺着沟壑前行。几公里后，前方豁然开朗，我们已置身在一条五十米深，足有一百多米宽的峡谷之中。峡谷是阿尔金山洪水冲出来的，流向罗布泊，最早见到的小沟就是洪水末端留下的痕迹，就像是叶脉的末梢。至此，我们已逐渐离开了罗布泊的湖心区域，进入到罗布泊东缘的野骆驼保护区。这里完全没有道路，只能在峡谷沟壑里穿行。

峡谷的沙土陡壁上，很容易看到野骆驼留下的一串串足迹。刘英智说，这里夏季会有阿尔金山冲下来的积水，冬季会有积水结冰。因为有水源，附近生活的野骆驼常到这里喝水，特别是在冬季，冰水对于野骆驼非常重要。近些年，不少摄影爱好者长途跋涉来此拍野骆驼，这里也就有了一个非官方的名字——野骆驼大峡谷。

野骆驼的学名叫野双峰驼，全世界不过1000余头，而过半数生活在罗布泊周边地区。在我国《国家重点保护野生动物名录》中，野骆驼被列为一级保护动物。不但数量比大熊猫少，而且是在地球最恶劣的气候条件下，还能艰难生存的野生动物。

一百多年前，斯文·赫定在新疆探险时，曾沿着克里雅河进入塔克拉玛干沙漠腹地。据他记载，当时沙漠腹地有着成群的野骆驼，其个头与驼峰都比家养的骆驼略小。那时，野骆驼数量还很多，是猎人与考察队的主要猎捕对象。如今，随着水源枯竭，塔克拉玛干沙漠里没有了野骆驼的踪迹，仅存的种群只是依托罗布泊荒原生存。它们喝着盐碱含量很高的水，寻找着荒漠间偶然得见的芦苇、红柳，坚强的活着。

为了保护仅存的野骆驼种群，1986年9月，新疆维吾尔自治区人民政府批准建立"阿尔金山野骆驼自然保护区"，保护区面积1.5万平方公里。2000年5月，更名为"新疆罗布泊野骆驼自然保护区"，同时保护区得以扩界，面积达到7.8万平方公里，涉及吐鲁番地区、哈密地区和巴音郭楞蒙古自治州。保护区的实验区面积3.3万平方公里，缓冲区面积2万平方公里，核心区面积2.5万平方公里，是国内规划面积最大的干旱荒漠类自然保护区。但随着新疆矿业经济的发展，相关部门发现，野骆驼保护区实验区内的沙尔湖煤田、大南湖煤田，煤炭储量巨大。这些项目生产规模扩大的同时，对保护区动植物带来的影响，已成为急需解决的问题。

因为这个季节峡谷里没有水，不是野骆驼来此的旺季，耀眼的阳光下，无处寻觅野骆驼的身影。遇见遇不见，本就是缘分。来到这里的人，恐怕没有不想遇见野骆驼的，但置身于此，本就是对野骆驼的打扰。20世纪80年代，因大

量猎杀，野骆驼数量一度锐减，已经很难发现其踪迹。因此，野骆驼被列入中国一级保护动物。近年来，随着人们对野生动物的保护意识不断提高，同时，野骆驼保护区管理监管力度不断加大，偷猎事件已大幅减少。

此时已是正午，干烈的阳光硬邦邦的砸在峡谷中，感觉能在干裂的沉积泥块上砸起一阵阵灰。汤姆躲在车身侧面不大的一块儿阴影中乘凉，胡子站在河滩上，举着相机，四下打量山谷中是否有野骆驼的踪迹。刘英智抬头看着峡谷山崖，寻找哪里有适合的藏身点，以后能埋伏着拍摄野骆驼。他的脚下，一只小甲虫径直爬来，没别的意思，就是想在他的影子里蹭一会儿阴凉。

刘英智说，除了有些专门来拍野骆驼的摄影发烧友，依然还有偷猎者会潜入这片荒原。上次来这里时，就遇到一辆鬼鬼祟祟的车。如果是探险者，必然会相互靠近寒暄，可那辆车总是与他们保持一定距离，必定是偷猎者。刘英智跟朋友们一通狂追，偷猎者最终冲进库木塔格沙漠，失去了踪迹。

野骆驼比家养骆驼的体形小，它的驼峰显著地小且更接近圆锥形，毛被也较薄。科研人员在基因比对中分析发现，野骆驼与家养骆驼的遗传基因大不相同，相差高达2%~3%。八十万年前，它们就已经分化为不同的两个种群，随着环境的变化，家养骆驼的祖先逐渐在野外灭绝，而野骆驼却在罗布泊中存活下来，随着环境逐渐恶劣，野骆驼的生存适应能力也更强。

斯文·赫定在《亚洲腹地旅行记》中说，野骆驼有两类，一类是纯野生骆驼，另一类是家养骆驼逃跑后野化。但通过现在的科技手段看来，野骆驼不是家骆驼逃跑后变野的，家养骆驼也不是野骆驼驯化而成的，它们根本就是完全不同的两个物种。

这一路，我与刘英智经常探讨罗布泊的种种问题，从罗布泊干涸的原因，到野骆驼与家养骆驼的关系，以及彭加木失踪的问题。对于各种问题，有共同的认知，也有不同的看法。观点有对立也没什么，每个人认知的角度会不同，这个世界不该只有一种声音，世事也没必要非得套以"好、坏、对、错"来衡量。这种探讨，或许本身就是旅行中更大的一分收获。

起风了，这次不是习习微风，而是沙暴前奏，我们得抓紧赶路。

眼前，一片类似城堡的土台在沙尘中显现，是土牙。这里是一片沙土坡地，连绵一公里有余，因为外形酷似一排牙齿，故被称为"土牙"。曾经多次来到此地考察的朋友说，这里是丝绸之路的重要通道，土牙下有多处现在已经干涸的饮水点，偶尔还能捡拾到唐代的古钱币和散落的琉璃佛珠等物品。有饮水点，自然会成为丝路商队的休息站，有商队通过停留，又引发土匪出没，打劫商队。于是乎，就会有物品散落在这片土崖之间，千年之后，才被考察队或偶尔过往的探险者发现。

"看！这是我的笔迹，我过去留下的电话！发现少了一个2，后面又加上的。"

在道路边的一处沙崖上，有一排刻画的痕迹——SOS 1313976166，其中，加了一个"2"。梁波挠了挠头发间的沙子，说电话号码是他留下的。因为这是穿越罗布泊的必经之路，有些探险者到这里时，已是水断油尽需要救援。这里的崖顶上能有微弱的电话信号，因此他在这里留下电话没准用得上。

在另一面沙崖下，竖着块花岗岩石碑，是块感恩碑。上面写道："二零零五年五月，我等四人在此汽油尽、水粮绝，濒地狱时，河南人突现。"

2005年，一对从北京夫妇在当地导游的带领下，在这一带拍摄野骆驼。由于拍摄心切，导致燃油消耗过大，仅存的二十多升燃油让他们无法摆脱困境。经过四天三夜的煎熬，他们在土牙偶遇一支河南媒体采访团队，最终得以成功脱离险境。为了表达谢意，导游后来将这块石碑运至罗布泊，摆在此处。

在土牙下溜达，琢磨能不能运气好，捡到个古钱币什么。不成想，却看到并不愿看到的一幕——有一只遗弃的骆驼掌，是野骆驼的，曾经属于一只幼年的野骆驼。

看到这野骆驼残掌，大家心情都有些压抑。刘英智说，偷猎者猎杀野骆驼，是要骆驼皮、骆驼肉和骆驼掌，这只驼掌被遗弃也不知何故，也许是不慎遗失。不管怎样，一只驼掌被遗弃于此，被猎杀是必然的原因。

在压抑的气氛下，大家上车前行。窗外一片灰黄色，能见度降到不足百米。就在灰黄的世界间，竟然看到一点点绿色，是芦苇。从前进桥至此二百多公里，终于看到一点点自然中的绿色，我们进入已经干涸的疏勒河河谷。附近肯定有地下水，芦苇、红柳、梭梭、骆驼刺都聚在这里，只是非常稀疏。这些植物是野骆驼和黄羊的食物，这里自然也是野骆驼的主要觅食地带。

正当我们眼巴巴地盯着沙尘中的沙丘，看能否偶遇野骆驼时，却又发现一具野骆驼的遗骸。根据位置判断，也是盗猎者猎杀的，遗弃在此已经有挺长时间。因为骸骨就在车辙边，盗猎者这里扒皮、割肉然后离开，都非常方便。野骆驼骸骨旁边，还有一处野骆驼卧过的土坑，土坑里还有粪便和尿液的痕迹。根据土坑里沙土的状况，还有粪便的干燥程度看，也就是这一两天留下的。这头野骆驼不知是偶尔路过骸骨，还是有意来此，我们无法得知。也许，它们曾经相识，哪怕已经只剩下一堆遗骸，另一位依旧会前来相伴。也许，此刻它就在附近观察着我们，隐藏着自己。

远望苍凉的大漠，风沙变得更加猛烈，库木塔格沙漠的粗砾随风席卷而来。该走了，别再打搅那些在荒原上艰难求生的野骆驼，它们才是这里的主人，我们都只是过客。

>>> 陷车，被困库木塔格沙漠

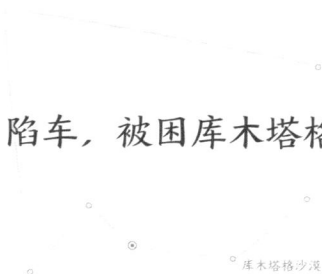

库木塔格沙漠

　　出发前我就纳闷，"胡子"大哥为什么会带拉杆箱进罗布泊，这东西常规旅行好使，可并不适合带来无人区。面对茫茫沙漠，迎着十级大风，"胡子"背着摄影包，拖着拉杆箱，在库木库都克沙漠呈S形艰难向前。为防风沙，"胡子"带着墨镜，墨镜后面的那张脸上，写满疲惫与无奈。

　　风越来越大，能见度越来越低，地平线也越来越模糊。车边的芦苇几乎已经趴在地上，但依旧富有弹性，风势稍小就顺势挺直腰杆。此时，我们处在曾经的疏勒河河谷阿奇克谷地，偏向库木塔格沙漠的坡地上。

　　库木塔格沙漠是中国第六大沙漠，整体由西北向东南延伸。北在鄯善地界，东至甘肃敦煌，南到阿尔金山，总面积约2.28万平方公里。在维吾尔语中，"库姆"是沙子的意思，"塔格"是山的意思，"库木塔格"就是"沙山"之意。

　　"没关系，就沿着沙坡边缘往前走，十公里就能到彭加木纪念碑。"

　　坐在副驾上，抱着一口铝锅的刘英智，一个劲地催促许峰前行。风沙太大，刘英智懒得把做饭的铝锅往后备箱塞，一直就这么抱着。这段路他来的次数多，更熟悉，但许峰不敢贸然出发。毕竟没有后援，风又很大，能见度低，万一方向有偏差会极其麻烦，甚至有迷失方向的风险。来到罗布泊的不少探险者，都对自己的能力很有信心，但这里是罗布泊，稍有不慎就可能迷失方向。

许峰和梁波下车，踩着库木塔格的沙子，感觉着沙漠表面的承受力。大风中，两位老司机也都有些含糊，凡事要商量着来。彭加木失踪地纪念碑就在前方十公里处，到了那里之后，是翻越库木塔格沙漠边缘的沙梁抄近路去敦煌，还是绕进阿克齐谷地扎营，第二天再走三垄沙去敦煌。

几分钟后，两人确定，抄近路翻沙梁，搏一把。

许峰驾车先行，可没跑出多远，就发现梁波的车没跟上。在沙漠里也不能随时停车，停下就有可能陷车，如果遇到同伴陷车，也不能随便回去拖车，否则极有可能都陷在沙中无法动弹。跑出一公里多远，许峰找了处硬点儿的沙地停下，爬到车顶查看状况。刘英智用对讲机不停地喊着梁波，可对讲机里的回声很差，听不清楚。耳边只有风声，大风卷着库木塔格沙漠表面粗砂飞舞时发出的声音，沙啦沙啦的，有些恐怖。

经过半小时呼叫和等待，梁波的车依旧没有出现在视线之中，漫天飞舞的沙粒与起伏的沙丘让视线只有一百来米。我与刘英智、许峰步行返回帮忙，留下朱靖和"蛋蛋"在车里等待。万一风再大，能见度再降低，走在沙漠里是很危险的事，极易迷失方向。刘英智快步走在前面，许峰沿着沙坡边缘的碱滩向前，以防止梁波自己摆脱陷车后，离开沙坡沿着河谷前行，那样我们就更难找到对方。此时，阵风足有十级，沙漠表面的粗砂砾快速随风流淌着，像是唐代乐舞中甩动的水袖。当然，当下的情形没那么美好，也就是联想一下。视觉感官受到极大限制，听觉还好，除了风声，还能听到自己略微急促的呼吸声。

走出一公里左右，隐约能透过沙尘看到沙坡上的有些身影，就像几只小蚂蚁围着大甲虫打转，无从下口。梁波的车上有两条备胎，还有一桶汽油，加上一大堆行李，太重。这会儿还是逆风，起步一迟缓就感觉被一只隐形的大手拽住，陷在沙漠之中。

此刻，队伍中的七个男人聚齐，轮流挖沙。由于没准备沙地垫板，沙漠里陷车就成了令人崩溃的问题。挖沙、推车，挖沙、推车，上了年纪的汤姆也没在一旁看着，挥动铁铲尽自己的一点力。感觉挖的差不多，沙子没有拖住车底盘，梁波开车，其他六个男人推车，齐心协力，气概山河。眼瞅着，车开始往

陷车，被困库木塔格沙漠

前挪动，一点点的，前行了几米。就在大家觉得能跑起来时，沙漠中那无形的大手依旧把车拽住，功亏一篑。

两个多小时的反复挖沙、推车，挖沙、推车，汽车没往前挪几米，却逐渐往下沉的更深。因为车周边的沙子都被挖掉，却没有离开陷车的位置。

眼见如此挖沙推车也无法摆脱困境，刘英智独自返回前车，取能垫车轮的东西。作为领队，总要在危难的时刻有所担当。没过多久，刘英智再次出现在沙坡边缘，带着一硕大的塑料防沙镜，一手拎着睡袋，一手拎着防潮垫。他打算拿这些东西垫在轮胎下面，帮助车辆脱困。

朱靖也随着刘英智穿过风沙来帮忙，虽然不可能让她挖沙推车，但能来帮忙总会在精神上是一种支持。看后备箱里有很多收集的空矿泉水瓶，朱靖提议往里面装沙子去垫轮胎。她说，埃及人建金字塔就是用木棍垫着拉动巨石，拉着梁波将沙粒灌进空矿泉水瓶，然后再垫在车轮下面。可是，地表是松软的沙子，矿泉水瓶长度又不够，随着车轮翻滚，所有装满沙粒的矿泉水瓶都被搅入沙漠中，依旧没有任何效果。

虽说灌沙垫车轮没效果，但在往瓶子里灌沙粒时我却发现，此处沙漠表面的粗砂砾与众不同，都是直径一毫米左右的颗粒。仔细辨认，里面混杂的很多竟然是石英和玛瑙的微粒。那些被城里人看作收藏品的玩物，在这里进过万年风沙打磨，已成为一颗颗微小的砂砾，就算成为砂砾，在阳光照射下，它们依旧晶莹剔透。生活就是如此，面对问题时，不同的心境会带来不同是视角，看到不一样的世界。

陷车已经过去四个小时，大家都极度疲惫，但我们必须摆脱这个沙坑。只能继续挖，尽量将车底下的沙子清理开，可沙子挖开一铲会流下来大半铲。挖沙空间有限，大家轮番上阵，极其费力还成果有限。梁波累地瘫在一旁，不想动，风带着沙粒糊进他早已油腻的头发，逐渐黏在一起，那也不想动。

这一次，挖了很久，大家将车底与前方的沙子尽可能多清理开。刘英智也把自己的防潮垫和睡袋垫在前轮下，无所谓了，能脱困就行。此时，就后悔当初没带两块垫板。正当大家准备一鼓作气将车推出沙坑时，梁波决定，把车上

甘南　摄影

陷车，被困库木塔格沙漠

所有物资卸下来，减轻重量。这一次必须成功，大家已经经不起再一次的折腾。卸下的行李各自向前拉，前面几百十米外有一片地面较硬，车冲出沙坑可以停在那里，重新装车。

出发前我就纳闷，"胡子"大哥为什么会带拉杆箱进罗布泊，这东西常规旅行好使，可并不适合带来无人区。面对茫茫沙漠，迎着十级大风，"胡子"背着摄影包，拖着拉杆箱，在库木库都克沙漠呈S形艰难向前。为防风沙，"胡子"带着墨镜，在墨镜后面的那张脸上，写满疲惫与无奈。

放置完行李，大家聚拢到车前，没有动员讲话，耳旁依旧只是风声，捎带卷着砂砾打在每个人脸上。

梁波再一次发动车，挂挡、给油——走你！所有人一起推车，大家都知道，此时必须竭尽全力。迎着风，车缓缓向前，虽然那只无形的大手依旧拽着它，但我们必须成功。车速渐快，能感觉到轮胎已经脱离了沙漠的包围，相对轻盈的滚动起来，大家依旧不罢手，因为害怕，害怕前功尽弃。直到无力的脚步已经追不上车轮前行的速度，大家相继跪倒、瘫倒在沙地上。

没有欢呼，因为没有力气欢呼，但我们清楚，终于成功了。那一刻，没有人拍照，去记录这一激动人心的时刻，因为疲惫，甚至忘了举起相机。

风依旧在吹，但风势减小，没了刚才狂沙漫天的气势，我们好歹摆脱了困境，沙漠似乎也对我们表示出赞赏。赢了与库木塔格沙漠相拼的这一局，大家躺在沙地上，累的半天不愿动弹。

总有人说什么"人定胜天"，扯，在大自然面前，人算得了什么，微不足道。总有人说什么"征服罗布泊"，扯，你什么也征服不了。能在罗布泊里走一遭就算是"征服"吗，那不过是自欺欺人的"意淫"而已。对于自然，对于罗布泊，该有足够的敬畏。能够有机会，来此感受罗布泊的历史与环境的魅力，感受这自然荒漠的力量，三生有幸。

>>> 追寻，彭加木的足迹

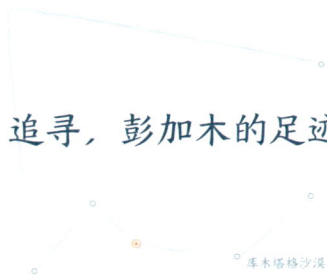

库木塔格沙漠

彭加木与余纯顺不同，他来到这里不是图个人英雄主义，为自己能名扬天下。他是为这个国家的发展来到罗布泊考察，是一位该被国人铭记的学者。那个年代，为国家做贡献、为国家节约，是很平常的想法，彭加木也是基于此而带队考察罗布泊，并因此执意去寻找水源。只可惜事不由人，加之判断失误，彭加木没能成功找到水源，并因此消失在罗布泊荒原之中。

这次陷车，致使所有人都筋疲力尽，决定不去冒险翻越库木塔格沙漠巨大的沙梁，虽然那样可以抄近路前往敦煌。大家一致决定，选择走远路，穿过阿克奇谷地，绕行。

刘英智的方位判断很准确，沿着库木塔格沙漠边缘往前走了九公里，就抵达彭加木失踪地的纪念碑。这是一个用木栅栏围起来的水泥碑，木栅栏上插着一些彩旗，还有些残存的塑料花，已在风沙与阳光的琢蚀下失去了原本艳丽的色彩。栅栏下堆放着不少水瓶，还有一些用来祭奠的食物。

纪念碑和湖心碑附近一样，周边都散落着大量砸碎的石碑，大多是某某组织穿越罗布泊的纪念。这些石碑不知是被谁砸毁的，砸了也好，省得来了趟罗布泊就要立碑，成为一种攀比。立碑又能如何，立也该是后人立，而不是自我吹嘘与标榜。刘英智说，这些都还算好的，之前附近甚至到处散落着高尔夫球！是一个什么组织在自我炒作与利益的驱使下，跑来搞罗布泊打高尔夫球的商业活动，并在这里遗留下大量高尔夫球。

立纪念碑的地方，正是当年彭加木失踪时，脚印最后消失的地方。大家在此短暂休息，刘英智在碑前放了一挂鞭炮，祭奠这位让他敬仰的前辈，行走在罗布泊的前辈。此刻，风停了。

1980年5月，罗布泊综合科学考察队队长彭加木带着9名科考队员，由北向南成功纵穿罗布泊，到达罗布泊南岸米兰农场。科考队在米兰农场休整5天后，又于6月11日驱车东进继续考察。6月16日傍晚，他们顶着大风艰难来到罗布泊东岸，库木塔格沙漠与阿克奇谷地间，库姆库都克以西8公里处。此时，科考队从米兰农场补充的汽油已基本耗尽，水也只剩下十几公斤，而且在高温的炙烤下，铁桶中的水散发着难闻的铁锈味，已无法饮用。因为考虑到发报请求部队派直升机送水花销太大，能自己解决的就尽量自己解决。

6月17日一早，彭加木提出，往东沿阿奇克谷地去再远一点的地方找水。除了能给国家节约一点儿是一点儿的考虑外，也考虑到如果发现了宝贵的水源地，就为今后的罗布泊考察提供极大的方便。库姆库都克就是"沙漠水井"的意思，从地图上看，周边不远处还有"红十井""八一泉"等以水命名的地标。加上不远处又是疏勒河古河道，彭加木由此充满信心地断定：附近肯定有水源！

丝绸之路上很多地方都是以水源地命名，由此可见水源的重要性所在。二十世纪七十年代，罗布泊因上游水源被阻断而完全干涸，地图上标注的水源点也随之陆续干涸消失。彭加木则认为，如果考察队找到水源，就没必要烦劳部队花巨大代价用直升机送水。

17日中午前后，科考队收到部队发来的电报，说将派直升机于18日往库姆库都克送水500公斤，请科考队原地等候。可就在此时，彭加木已经独自一人离开了营地，只在帐篷里留下了半张红格信纸，上面用铅笔写着："我往东去找水井　彭"。

随即，考察队向上级汇报彭加木独自离开营地去找水的情况，并开始沿疏勒河河谷寻找彭加木。紧接着，部队也派出搜索队伍共同寻找，可各方寻找均未有结果。彭加木失踪，从此再无音讯。

从二十世纪八十年代至今，围绕着彭加木的失踪，时不时就会传出各种谣言风波。有的说彭加木是被外星人劫走；有的说彭加木叛逃至美国；有的说彭加木被苏联特工绑架；甚至有的说，彭加木被同行的科考队员密谋杀害。阴谋论历来都很有市场，谣言总是会蹭热度，特定的时间，特定的结点，谣言总会不失时机的传播。过去是，现在更甚，因为很多人缺乏起码的常识与判断力，信者众多。加之罗布泊在二十世纪六十年代开始，因军事用途而限制进入，这就更使其显得神秘莫测，传言四起。

根据罗布泊的自然环境与气候特征看，当年彭加木极有可能是因为脱水而倒下。那一带分布着库木塔格沙漠与北山裂谷，就算是相对平坦的阿克奇谷地，也布满红柳包，想找到一个失踪的人绝非易事。

2007年6月2日，刘英智和朋友旅行探险，在位于哈密南湖戈壁和罗布泊相接部位的雅丹群拍照时，发现一具疑似彭加木的干尸。说疑似的原因有多方面，其一是身高172厘米，接近；其二是死者身着白色上衣、蓝色长裤，相同；最重要的是带有一块"上海牌"手表，彭加木当年恰好也带着一块"上海牌"手表！

虽然最后证实，这具遗骸并不是彭加木，但这件事让刘英智对彭加木、对罗布泊增添了更多兴趣。除了查找资料、实地走访，还曾作为向导，带队进入罗布泊寻找彭加木，并出了一本关于彭加木的图集。

彭加木与余纯顺不同，他来到这里不是图个人英雄主义，为自己能名扬天下。他是为这个国家的发展来到罗布泊考察，是一位该被国人铭记的学者。那个年代，为国家做贡献、为国家节约，是很平常的想法，彭加木也是基于此而带队考察罗布泊，并因此执意去寻找水源。只可惜事不由人，加之判断失误，彭加木没能成功找到水源，并因此消失在罗布泊荒原之中。

离开彭加木失踪地纪念碑，告别让我们吃尽苦头的库木塔格沙漠，走进干涸的疏勒河河道——阿奇克谷地。千年之前，这里还水草丰美，祁连山的冰雪融水通过这里向西汇入罗布泊，成为丝路商队前往敦煌的交通要道。随着局地气候变化，这里植被逐渐稀少，荒漠化问题日益加剧。近些年来，这条古道已成为探险者从敦煌进入罗布泊的交通要道。

此刻已是临近傍晚，但天气依旧燥热，加上之前挖沙、推车五小时，多数人在车里昏昏欲睡。顺着一条小路，我们在河道的红柳丛与梭梭堆间穿行。刘英智一年前曾带着当年几位老人来过这片谷地，他们是当年随彭加木考察罗布泊的科考队队员。三十年后，大家再次来到罗布泊，目的只有一个，再次寻找失踪三十年的彭加木。多方寻找，依旧未果。

过阿奇克谷地，进北山裂谷，难以见到植被，只是在遍布砾石的山谷间穿行。日落西山，正当前行道路有些含糊之际，有处矿点出现在眼前。一排岩石砌成的简易房，停着辆车，门前还坐着两位工人。踏实了，柳暗花明又一村。

"这不是你们家的单位吗！"

上前问路时，王成发现一位工人的工作服上有排字——"第六地质大队"，于是转头喊我下车，这里正是红十井金矿。

出发前，老友韩照举提起过这里。这里是罗布泊镇前往敦煌的要道，几年前，他还在矿上工作过一段时间。那时，大家最不愿意做的事情就是去取水点拉水，一般去拉水的人都由打牌决定，输了去拉水。到了取水点，将车上的水管连上水泵，就立刻跳回到车上，然后静静听，就能听到草丛中有窸窸窣窣的声音。那声音是隐藏在草丛里的草鳖子发出的，这些感觉到震动的"吸血鬼"会成群结队的一大波来袭，寻找猎物。

聊天间，矿上的主管从屋里出来查看，除了矿上的工作人员，山谷中偶尔会有探险者经过。老哥一眼就认出了我，说九十年代初曾和我哥哥一起出过探矿队，还一起学电脑。既然是自家人到了，有什么需要尽管说，先看看是否需要补充水和汽油，如果不着急就吃过晚饭再走，住在矿点也没问题啊，好歹比扎营舒服。

还是上小学、初中时，大院儿里的孩子常在暑假里，随家长去野外探矿点待几天，那就算度假了。有一次，午后最燥热的时分，大家都在帐篷里午休，闲得无聊的我跑到帐篷边的阴凉处，一个人打台球。没多一会儿，发现远处戈壁滩上有两个人斜歪虚晃地走过来，身上还挂满了水壶。是空水壶，随着身体的摆动，空水壶相互撞击，发出当啷当啷的声音。

他们是地调队的工作人员，十来人在考察途中与车辆失联，水尽之时派出两位年轻力壮的成员背着水壶找水，最终发现了我们探矿点的钻井架，所有人侥幸得救。

常在荒漠中工作生活的人都会这样，不管是否相识，能帮一定会帮，能救一定会救。得知油和水都充足，需要即刻出发赶路后，老哥也没有强留。详细告知北山裂谷中的行走路线，并嘱咐，如果感觉路线不对就掉头回来，安全第一，这里管吃管住。

离开红十井，我们继续在北山裂谷中穿行，天快黑了。砂石路边，有一处罗布泊野骆驼保护站的牌子，我们离开了野骆驼的家园。确定路线正确，即刻在山谷间扎营。罗布泊毕竟是罗布泊，尽可能不要赶夜路。

这是此次罗布泊之旅的最后一夜露营，梁波和许峰从车上翻腾着，看有什么可玩儿的，结果翻出一把彩珠筒。两张沧桑的老脸上立刻露出一份童真，拉着年轻的"蛋蛋"去放珠筒。经过几天颠簸，彩珠筒里的火药都松了，打不远。可这却出现了一种前所未见的效果，彩珠筒喷出的不是彩珠，而是彩色的火焰。

就像极光，罗布泊里的极光……

>>> 作别，罗布泊的风

> 风，年复一年的吹过罗布泊，它见证着罗布泊从丝绸之路上的水道变成广袤大漠；风，年复一年的吹过楼兰遗址，让这处有两千年历史的古城逐渐消逝；风，年复一年的风吹过刘英智、许峰、梁波、崔有生、李鹏飞的脸，还有蔡小蓉，让他们一点点的积累沧桑。

结束最后一天的露营，我们收拾行装起程，再有半天时间，就可以抵达此次穿越的终点站——敦煌。此处还在野骆驼自然保护区边缘，掩埋垃圾时，梁波让大家把剩下的馒头就扔在这里，野骆驼嗅觉很好，这可以做它们的食物。

说到在罗布泊扔馒头，想起十年前，穿过罗布泊进楼兰的往事。

十年前在楼兰，参加楼兰发现百年的纪念拍摄活动。那是两拨人分头进罗布泊，一拨是刘稷带队，十几号人已经围着塔克拉玛干沙漠走了一圈儿，灰头土脸脏兮兮的来到罗布泊，早已懂得了什么叫敬畏；还有一波是从京城直接来的转播组，要在楼兰做"现场直播"。当然，由于条件限制，实际是现场录制。

从首都直接来的大都红光满面、昂首阔步，有些人对这广袤的罗布泊以及组织带队工作人员随时表示着不屑。带着一种优越感，对这里的人，以及这片苍茫大地缺少起码的尊重。

"你不想吃可以不拿，拿了觉得不好吃也可以放回去，为什么就扔了！不和你说什么粒粒皆辛苦，你以为这些粮食带进来容易吗！无人区里没了粮食你怎么活！"

对于那些馒头不想吃就乱扔的做法，负责做饭的师傅非常愤慨，但也无可奈何。

这一次，梁波让我们也把馒头扔在地上。不是看不上这普普通通的干粮，而是把富裕出来的馒头留下，给这里的野骆驼。

出北山裂谷，过三垄沙，我们离开了罗布泊。

前方地平线，随着强烈阳光而产生的海市蜃楼景观中，一片"城堡"逐渐显现，是敦煌雅丹群。车轮下突然有一种不同寻常的触摸感，轮胎压在了路面上，是柏油路！

从三十二团进入孔雀河河谷开始，这是轮胎六天来第一次触摸到柏油路面。六天来，我们一直在路上，不管你是否能称其为"路"，但那都是行走在路上。行走在罗布泊的路上，也是行走在人生的路上，一小段人生的旅途。

罗布泊的六个日与夜，大家一起行走在罗布泊荒原，在这传奇之路上寻找千百年来的沧桑变幻，也在这片神奇的大地上寻找自己，一个与都市生活中不一样的自己。没有都市的躁动，面对荒漠里的艰辛，每天在风中寻找前行之路。

躺在罗布荒原的边界，面对正午烈日变为如血残阳。这色彩中，似乎传出丝路千年的驼铃声，还有战场的厮杀呐喊，夹杂着战马的悲鸣。随之，一片寂静。地平线上，一个个人影由远及近，他们是来魔鬼城景区感受大漠之美的游客，在此等待荒原的日落。眼前，透过残阳的映衬，大家像列队迎敌的边关将士，又似《天使之城》中，那些迎接朝阳的黑衣天使。此刻，大家相聚在此，面对落日，面对罗布泊，迎着风。

风，年复一年的吹过罗布泊，它见证着罗布泊从丝绸之路上的水道变成广袤大漠；风，年复一年的吹过楼兰遗址，让这

郭铁流　摄影

作别，罗布泊的风

处有两千年历史的古城逐渐消逝；风，年复一年的风吹过刘英智、许峰、梁波、崔有生、李鹏飞的脸，还有蔡小蓉，让他们一点点的积累沧桑。

来到罗布泊，不仅仅是因为这里道路艰险，还因为这里存留的历史与未知。旅行本就如此，不仅仅是为了到达目的地，更多的是感受路上的人、路上的事。时间久了，那些人和故事，就成为了自己生命中的故事。常有人说：人生要有一次说走就走的旅行。可人生本就是一场旅行，不管你愿意不愿意前行，你都已走上这趟单程车的旅行之路。

在经常出入罗布泊，甚至就生活在罗布泊的人看来，罗布泊没有神秘，但有太多的荒凉。而在迷恋罗布泊的人眼中，这里蕴藏着太多未知，从过去，到现在。丝路古道的遗迹，荒凉多样的地貌，还有那些前人曾经留下的足迹。我们就像罗布泊里的风，不只是过客，我们属于罗布泊。

>>> **穿越时光再回首**

麦盖提的克里木：

　　后来，虽然多次到喀什，但却没有再来到麦盖提，没有再见到克里木。不知他的驼队是否组成，也不知道，他的儿子是否如他所愿，回到家乡。

克孜尔尕哈的热合曼：

　　初次见面五年后，我第二次来到尕哈，热合曼已经转正，成为龟兹研究所的正式员工，工资涨到近千元，医疗、养老也有了保障，而因为他长期认真工作，保护石窟的经历，让他得到了很多社会荣誉，"五一劳动奖章""中国绿色人物""文物保护先进个人"等等。

　　又过了五年，龟兹研究所改为龟兹研究院，当我再一次来到尕哈的时候，眼前的改变让人更加欣慰，通了电，有了水！热合曼在工作站种了很多树，还养了十几只鸡。更重要的是，一位小学女教师成了他的新娘，克孜尔尕哈，终于有姑娘留了下来。

沙漠铁驼的驼手：

　　刘建兵离开了新疆，离开了他的"情人"尤尼莫克，调动到河北廊坊。我们离得也不算远，现在偶尔能一起聊聊往事、吹吹牛。其他两位依旧在老单位，李勇在沙漠运输公司总调度室做调度，杜胜利依旧做着司机，驾车走沙漠。

楼兰姑娘茹仙古丽：

当年离开楼兰回到北京，给茹仙古丽寄去一些当时拍的照片，后来，再没有联系过。前不久，请已经成为龟兹研究院副院长的台来提吃饭，和他一同来的朋友是若羌人，竟然就是茹仙古丽的舅舅。他说，茹仙古丽一直想离开若羌，最终嫁给了一位修路队的大学生，如今在乌鲁木齐生活。

领队刘英智：

现在罗布泊不能随便穿越，刘英智更多的时间是在喀喇昆仑山拍摄、记录那里牧民的生活状态。同时将城里热心人送的援助物资带进山，送给里面缺少物资的牧民。最近，刘英智又迷上中巴公路，时不时就跑巴基斯坦。

司机梁波、许峰、小彭：

许峰还在跑车。梁波一边跑车，一边开了个健身馆。他说自己是个"胖子"，但要做个健壮、有追求的胖子。小彭叫彭龙，现在依旧生活在尉犁的兵团农场。那次他独自一人，从罗中开车绕若羌回尉犁。他说那是他第一次离家远行，学到了太多，从开车，到做事、做人。

楼兰保护站崔友生：

那次见面后不久，崔友生回若羌与新交的女朋友结婚成家，如今有了个女儿，但他依旧在楼兰保护站工作，每隔一到两个月能回家一次。

龙门客栈蔡小蓉：

那次穿越罗布泊的第二年六月，再一次来到罗布泊，在龙门客栈买了一瓶冰可乐。蔡小蓉说，听说罗布泊镇的简易建筑都要拆了，那时也许就要离开生活十来年的罗布泊。又过了两年，再次来到这里，那些简易建筑都没了，龙门客栈也没了。现在，不知蔡小蓉在哪里，也许和老公回了湖北老家。

达里雅布依：

前不久，随中科院考古研究所的巫新华教授前往玉树考察称多岩画，他说一个月后会去达里雅布依，因为那里今年底要整体搬迁移民，这个历经沧桑的古村落也将随风而逝。

罗布泊：

近几年来，罗布泊探险旅行逐渐升温，管理也随之更加严格。2018年5月，新疆罗布泊野骆驼国家级自然保护区管理局发布的《关于禁止在新疆罗布泊野骆驼国家级自然保护区内开展旅游探险等人类活动的通告》规定：严禁一切社会团体、单位或个人进入保护区开展旅游、探险活动，尤其是罗布泊野骆驼国家级自然保护区的库木塔格沙漠、阿奇克谷地、八一泉等野骆驼的水源地和栖息地。

虽然罗布泊依旧枯竭，但当地政府已经意识到环境问题的严峻，持续十多年向塔里木河下游河道放水，塔里木河下游河道如今充满生机。塔里木河的河道改变，水不再走向东侧的罗布泊，但依旧向南，一路奔向喀喇珂珊湖，让曾经的丝路古道依旧保留着一片广袤水域。

>>> 跋

我长大的那个时代，是一个崇拜英雄的年代。

肇始于黄河、长江的漂流，一直到后来的罗布泊探险，塔克拉玛干沙漠穿越，攀登珠穆朗玛峰，甚至是征服可可西里，探秘三江源，此起彼伏。整个80年代的中国人好像都坚信，只要是过去外国人能做到的，我们中国人自己也一样能干成。一时间，全国各地，英雄辈出。那个时候，理想主义，浪漫情怀习惯于宏大的叙事，史诗般的民族情结、家国情怀与个性张扬肆意汇流，如奔腾的黄河，滚滚的长江，汹涌澎湃。

后来，尧茂书死了，余成顺死了，连科学家彭加木也在罗布泊消失得无影无踪……

我的青春期，因此也染上了好奇的"毒瘾"，越陷越深，渴望着总有那么一天自己也能成为一个万众瞩目的"英雄"。也正是在那个时期，我迷上了塔里木河、塔克拉玛干、罗布泊、楼兰、精绝……好奇心一步一步把我带入了悠远的西域，一个人独自行走就成为了自己终生的旅行方式，而追寻瑞典探险家斯文·赫定的足迹，包括他所有的西域和藏北的探险历程也自然而然地构成了自己整个西域独行的指南和路标。我曾独自发誓，凡是斯文·赫定百年前亚洲探险所走过的路，我一定要在自己的有生之年重新走过。

今天，正如我发现自己几乎不可能去完成"赫定之路"的重走一样，我也感到自己根本无力去实现自己的"英雄"梦想。然而，这种迷惘非但没有让我放弃，反而令我一个人的西域独行构成了一个骄傲王国的版图，并在这个王国里更加的洒脱与笃定，学会了做自己的主人。这里面其实没有什么深刻的原因和人生的大道理，而恰恰是因为这种独自行走中的每一次邂逅与惊喜所投射出的平凡生活的苦乐与执著坚忍的意志。

而继开兄弟就正是我在孤独行走中的一次美丽的邂逅，一位骄傲的"国王"。他是一个旅行"狂人"，他的每一张摄影作品都是一首深沉的诗，他的出生地（新疆哈密），以及他后来所从事的摄影记者行业，注定他后来定将成为一个真正的"沙漠之子"。

我俩都喜欢山。

2015年我们一起走了丙察察，让我更深地理解了他的内心——"人如山，在不同的位置、高度，都会有不同的样子，但一切源于你怎么看，山还是那座山，人还是那个人，遇不遇见，山还是在那，人还是那样！"正如继开兄自己所言："现实中的一些山脊，你终究无法攀登，内心中的山脊，你也无法跨越。"但是，如果我们不去纠结这些，反倒也就真的穿越了雪山与沙漠，戈壁与绿洲，并在自己的内心中做一次骄傲的国王；虽然在形式上我们无法与既定的世俗争斗，而在内心我们都是自己的国王。不要把自己置于大众的天平上，不然你会因此无所适从，人云亦云。

前不久，他刚刚从《转山》的冰雪中走出来，真没想到，这么快他又开始《风起罗布泊》。不过，他这一次的"风起"，没有沙尘暴，却有着罗布淖尔质朴的微风与真诚的甘露，尤其是对于那些向往丝绸古道与楼兰的读者。

继开还是那个笑吟吟的继开，《风起罗布泊》的沙漠追问，在于楼兰与戈壁、在于盐碱与湖泊、在于人性与自然。从某种意义上，塔里木河的沧桑历史，将永远是塔克拉玛干的一个巨大的惊叹号，而罗布泊的那个卫星大耳朵图案留给我们人类的也永远是一个神秘的大问号。

我期待着继开兄弟再一次的沙漠"风起"，以及他不知疲倦的追问。

陈达达

2018年6月25日于重庆南山　　跋

内 容 提 要

　　罗布泊，这片被世人以"无人区""不毛之地"冠名的地方，曾水草丰美河道遍布。天山、昆仑山和阿尔金山的雪水融化形成塔里木河、孔雀河、车尔臣河、米兰河，以及来自敦煌附近祁连山冰川融水的疏勒河，一起源源不断注入罗布洼地形成湖泊，并形成一个个绿洲。绿洲间相互连接的道路，又构成了历史上最著名的贸易联络线——丝绸之路。

　　本书内容根据作者本人两次穿越罗布泊遇到的人和事为素材编写，并不限于罗布泊本身，而是沿着曾经的西域古道，串联起一个个曾经的丝路文明。既有历史文化，也有风土人情，更包含了人们对新的生活方式和精神需求的一些思考和探寻。作者以新疆本土成长、探险者、摄影师、观察者等身份描述了对罗布泊地区的认知和感悟。这本书能带着大家走进没有多少人能走进的罗布泊，同时也能让忙碌于都市生活的人们，找到一份内心的慰藉。

图书在版编目（CIP）数据

风起罗布泊／白继开著. —北京：中国电力出版社，2018.10

ISBN 978-7-5198-2426-6

Ⅰ.①风… Ⅱ.①白… Ⅲ.①随笔－作品集－中国－当代 Ⅳ.①I267.1

中国版本图书馆CIP数据核字（2018）第221328号

出版发行：中国电力出版社
地　　址：北京市东城区北京站西街 19 号（邮政编码 100005）
网　　址：http://www.cepp.sgcc.com.cn
策划编辑：王　祎
责任编辑：曹　巍（010-63412609）
责任校对：黄　蓓　闫秀英　朱丽芳
责任印制：杨晓东

印　　刷：北京盛通印刷股份有限公司
版　　次：2018 年 10 月第一版
印　　次：2018 年 10 月北京第一次印刷
开　　本：710 毫米 ×1000 毫米　16 开本
印　　张：15
字　　数：210 千字
定　　价：68.00 元
